徳間文庫

夏の日のぶたぶた

矢崎存美

徳間書店

CONTENTS

005　夏の日のぶたぶた
179　紹介したい人
194　あとがき

デザイン　宮村和生
本文挿画　あいみあさ

夏の日のぶたぶた

プロローグ

そのドアを開《あ》けた時から、僕《ぼく》——菅野《かんの》一郎《いちろう》の、本当の夏休《なつやす》みは始まった。

あとから考《かんが》えれば、ごく普通の夏休みとそれほど変わらなかったように思《おも》える。気温は連日三十度を超《こ》え、青い空には真《ま》っ白《しろ》な入道雲《にゅうどうぐも》が浮かび、山の緑はどこまでも深く、冷たい水しぶきにため息《いき》が出《で》るような——そんな夏だったはず。それでも、僕にとっては特別《とくべつ》の夏だった。

その古ぼけて黒ずんだ扉《とびら》を開けてくれたのは、小さなぶたのぬいぐるみだった。煤《すす》けた桜色《さくらいろ》で、突き出た鼻《はな》に黒ビーズの点目《てんめ》。手足と耳の内側に濃《こ》いピンク色の布が張《は》ってあり、右耳がそっくり返《かえ》っているバレーボールくらいのぬいぐるみ。目を閉じても、はっきりと思い出す。

でもその夏は、彼だけが特別というわけじゃなかった。もっともっと、たくさんの〝特別〟があったけれども、僕はそれに気《き》づくことができなかっただけだ。

たとえば、一学期《いちがっき》の終業式《しゅうぎょうしき》があった日のこと。

学校から帰《かえ》ってきて、リビングへのドアを開けた瞬間《しゅんかん》、僕はただならぬ雰囲気《ふんいき》を感じ取った。朝出ていった時と全然変わらないように見《み》えたけれども、ソファーの真ん中に座《すわ》って、こっちをじっと見ている母《かあ》さんが違《ちが》う。めったに見ないよそいきの服を着て、右隣《どなり》に大きなボストンバッグ。そして、左隣に座っている六歳の弟・冬二《とうじ》の手をしっかり握《にぎ》っていた。

「おかえり」

これほど似合《にあ》わない挨拶《あいさつ》はないな、と僕は思った。

「……どうしたの？」

ただいま、とは言《い》わずに、僕はたずねた。

「お母さん、しばらく三崎《みさき》に行《い》ってくる」

三崎とは、母さんの実家《じっか》がある町《まち》だ。

「え？」

「ごめんね、こんなにいきなり」

そう言った母さんの声《こえ》は落《お》ち着《つ》いていた。

「それは……うちを出てくってこと？」

「そういうこと」

薄々《うすうす》は感じていた。父さんと母さんは、ずいぶん無理《むり》をしている。何も言わなかったけれど、家族《かぞく》だから一応《いちおう》わかっていたつもりだ。数日前、それとなく訊《き》かれた。

「お母さんがいなくても、お父《とう》さんと二人《ふたり》でやっていけるよね？」

それを聞いた時、よっぽどの決心《けっしん》をしているんだ、と思った。

「一郎が高校に入るまではって思ってたの。でも、母さんもうだめ。来年になったら、お前は受験《じゅけん》だし」

自分《じぶん》のせいで母さんが我慢《がまん》をするのはバカげたことだと思う。そんなの、こっ

「今しかないって思ったの。少《すこ》し頭《あたま》を冷《ひ》やしてくる。すぐに帰ってくるから」

それに、止《と》めてもむだだとわかっていた。父さんと母さんは少し離《はな》れた方がいい。このまま離れたままになるかも、と思わなかったわけじゃないけど、ずっとこのまま一緒《いっしょ》に暮《く》らしていても、よくなるとは思えなかった。

僕としては、「すぐ帰ってくる」という母さんの言葉《ことば》を信《しん》じるしかなかった。

「身体《からだ》に気をつけんのよ。ごはん、ちゃんと食《た》べなさい。お昼は冷蔵庫《れいぞうこ》にあるからね。暑《あつ》いからって、冷《つめ》たいもんばっか飲《の》んじゃだめよ」

お決《き》まりのセリフを言ってから、母さんは重たそうなバッグを抱《かか》え上《あ》げた。冬二がぴょん、とソファーから飛《と》び降《お》りる。

「兄《にい》ちゃん、おばあちゃんち行かないの？　待ってたのに」

不思議《ふしぎ》そうな顔《かお》で訊かれた。

「兄ちゃんは父さんの手伝《てつだ》いしなきゃいけないからさ」

「ふーん」

冬二は少し不安《ふあん》そうな顔だったが、母さんに手を引かれると素直《すなお》に家《いえ》を出ていった。駅《えき》へ向《む》かう道《みち》から手を振《ふ》った時は笑顔《えがお》だったけれども、何《なん》となく感づいているんだと思う。けど、三崎にはじいちゃんもばあちゃんもいるし、しばらくは大丈夫《だいじょうぶ》だろう。

二人《ふたり》がいなくなったら、家はがらんと静《しず》かになってしまった。服を着替《きが》えて台所《だいどころ》へ行って、母さんが用意《ようい》しておいてくれた冷やし中華《ちゅうか》を食べた。あんまり味がしなかった。

食べ終わってから、とりあえず僕は自転車《じてんしゃ》にまたがって、店へ行った。父さんが経営《けいえい》しているコンビニ兼酒屋《けんさかや》だ。

六年前、ちょうど冬二が生まれた頃《ころ》に、それまで代々《だいだい》やっていた酒屋をやめて「コンビニにする」と、父さんは一人《ひとり》で勝手《かって》に決めた。母さんは猛反対《もうはんたい》だったが、父さんは「決めたこと」と言って押し切ってしまった。郊外《こうがい》に大型《おおがた》スーパーや、卸価格《おろしかかく》の激安店《げきやすてん》もできたりして、父さんなりに考えてのことだったのだろうが、母さんにろくに相談《そうだん》もしないで決断《けつだん》をしたのは、少しまずかったと僕も思った。

見たことのないくらい壮絶《そうぜつ》な夫婦《ふうふ》ゲンカの末《すえ》、母さんが折《お》れた形《かたち》になった。

それ以来《いらい》、いわゆる家族の団《だん》らんってものがなくなった。二十四時間営業は、想像《そうぞう》以上にきつい。父さんはもちろん、母さんも朝から晩まで働《はたら》いているから、家族全員《かぞくぜんいん》がずっとすれ違いだ。仲《なか》のよかった父さんと母さんはしょっちゅう言い争《あらそ》いばかり。僕もなるべく店を手伝っているし、中学に入って、父さんとほとんど背丈《せたけ》が変わらなくなってからは、力仕事《ちからしごと》や接客《せっきゃく》なんかもやっているけど、状況《じょうきょう》は一向《いっこう》によくならなかった。

父さんはいつものように、大きな身体を店の中で窮屈《きゅうくつ》そうに動かし、忙《いそが》しく働いていた。街道沿《かいどうぞ》いの交差点《こうさてん》近くで、駐車場《ちゅうしゃじょう》も広く、けっこういい場所《ばしょ》なのだが、コンビニは他《ほか》にもたくさんある。いいバイトの人《ひと》を雇《やと》うのもひと苦労《くろう》なので、そういうストレスよりも自分が働く方を選《えら》ぶ父さんは、ほとんど家にいないも同然《どうぜん》だ。でも、母さんのことには気づいていると思う。毎日《まいにち》のように言い合いをして何《なん》の結論《けつろん》も出ないままだけど、少なくとも、どんな気持ちか、ぐらいは。

「母さん、冬二連れて、ばあちゃんちにしばらく行《い》ってるって」

僕は、そうさりげなく伝えてみた。すると父さんは、

「うん。わかった」

と言ったきり、振り向きもしなかった。

「いいの？」

念のために訊いてみる。

「いいって何が？」

やっぱり振り向かない。何て言おうか黙《だま》っていると、

「出てったもんは、しょうがないだろ」

とぶっきらぼうに言った。父さんも覚悟《かくご》をしていたんだろうか。

僕は、ソーダアイスを一本、ちゃんと自分で買って、外で食べた。日陰《ひかげ》でも地《じ》面《めん》も壁《かべ》も熱《あつ》くて、ただ突っ立って食べるしかなかった。

ぼんやりと、この夏休み、どうなるのか、と考える。母さんがいないだけの夏休みなんだろう。多分《たぶん》。町周辺《まちしゅうへん》で友だちとちまちま遊び、部活《ぶかつ》に出たり、たまに学校のプールや登校日《とうこうび》に行ったりするくらい。何だ。いつもと変わらないじゃ

ないか。
そう考えれば、この暑ささえしょうがないと思えてくる。うん。だって夏なんだから。
僕はアイスが溶《と》ける前に何とか食べ終え、棒をよく見た。やっぱはずれだった。
ま、そんなもんだよな。

1

家にいてもしょうがないので、次の日から僕《ぼく》は店に出た。一応《いちおう》バイト代《だい》ももらえるし。でも、新しいバイトの男の人が来たばかりだったので、そんなにひっきりなしに働《はたら》く必要《ひつよう》はなかった。今回の人は、けっこう当たりみたい。ただ、今まで母さんがやっていた経理《けいり》や発注《はっちゅう》などの細《こま》かい作業《さぎょう》を父さんがやるようになったので、僕は父さんがこだわってやっている仕事を受け持つことになった。

それは、酒屋の頃《ころ》からやっている配達《はいたつ》の仕事《しごと》だ。昔はほんとに、お得意《とくい》さんを回《まわ》って御用聞《ごようき》きってやつもやっていた。でも今は、もっぱら届《とど》けに行くのみ。それもめっきり減った。定期的《ていきてき》に利用《りよう》してくれている家もあるが、僕が自転車《じてんしゃ》で届《とど》けに行《い》っても足《た》りるような量《りょう》と距離《きょり》なのだ。お客《きゃく》さんは、お年寄《としよ》りが多《おお》い。配達《はいたつ》というより、買い物代行《だいこう》という感覚《かんかく》だった。

だから、その日もいつもと変わらない、普通の注文《ちゅうもん》だと思っていた。三五〇mlの缶《かん》ビールをひと箱。僕はそれを持って、カウンターの中の父さんにたずねた。

「で、どこに行《い》くの？」

父さんがレジから顔を上げた。少しうれしそうなのは、気のせいだろうか。

「小峰山《こみねやま》の幽霊屋敷《ゆうれいやしき》だ」

「……え!?」

思った以上に驚《おどろ》いている自分の声に、二度びっくりする。父さんはそんな僕の顔を見て、にやりと笑う。

「早坂《はやさか》さんちだよ」

動きの止まった僕に向かって、父さんは聞き慣《な》れない苗字《みょうじ》を言う。早坂？　早坂って……誰《だれ》？　知り合いにそんな人、知らない……。

「あの家は、早坂さんって人の家なんだよ」

「あ、そうなんだ……」

それは知らないはずだ。というか、あの家を「誰それさんち」と呼《よ》ぶとかそういうことはとても想像できない。家しか存在《そんざい》しないって感じだったから。

「えっ、でも何でそこに配達？」

ようやく事情《じじょう》がのみこめてきた。

「頼まれたんだもん、届けなくちゃな」

当《あ》たり前《まえ》のことを父さんは言う。そりゃそうだ。届けなくちゃ。それはわかってる。でも、何となく気が進まない。

「今年の夏は、誰かが来たんだろ。元々《もともと》別荘《べっそう》だった家だからな。別に怖《こわ》いことなんてないよ」

「怖いわけじゃないよ」

あわててそう言う。

「そうかあ」

「うるさいなあ」

父さんは、まだ僕を子供扱《こどもあつか》いするが、その反面《はんめん》、妙《みょう》に頼《たよ》ってもいた。最近《さいきん》、そんなことを感じていたのは、その頃から母さんが出ていくということを、父さんが知っていたからなんじゃないかと思う。もしかして、これから二人でずっとやっていかなきゃいけないんだろうか……。そう思っても、僕はピンと来なかったけれども。

「行ってくるよ」

まだからかおうとする父さんにそう強引《ごういん》に宣言《せんげん》し、僕は外《そと》に出る。箱を荷台《にだい》にしっかりくくりつけて、サドルにまたがった。

「ちょっと山の上《うえ》で大変《たいへん》だから、降《お》りてゆっくり自転車引いてけ。別《べつ》に急ぐことないから。気をつけてなー」

走り出した時、父さんの声《こえ》が背中《せなか》にかかる。振《ふ》り返《かえ》ると、店に入るところだった。あんなに背中を丸《まる》めなくたっていいのに。

家やビルが並《なら》ぶ広い県道《けんどう》からはずれると、延々《えんえん》と田《た》んぼや畑《はたけ》が続く。一日の中で一番暑く、人もなるべく外へ出ないようにする午後一時《いちじ》だ。車通りも少なくなり、そのかわりセミの声が一気《いっき》に大きくなる。緑の匂《にお》いにむせかえりながら、くねくねと曲《ま》がる川沿《かわぞ》いを走る。橋を渡ると木がうっそうと繁《しげ》った細《ほそ》い坂道《さかみち》が見《み》えてきた。

ここが小峰山への入口《いりぐち》だ。一本道。舗装《ほそう》なし。車一台がやっと通れる、砂利《じゃり》と土の道だ。

この道から山に登《のぼ》るのは珍《めずら》しい。用事《ようじ》があって来たのは多分《たぶん》初めてだろう。僕くらいの年頃《としごろ》の奴《やつ》らは、この小峰山と、この道の先に待っている家には特別《とくべつ》の思《おも》い入《い》れがある。いや、そう思っていること自体《じたい》が不思議だった。何を今さら——大《たい》したことじゃないのに。

父さんが言ったとおり、これから行く「早坂さんち」というのは、僕が小学生の頃には「幽霊屋敷」と呼《よ》ばれていた。でも、最初はそんな家、存在さえ知られていなかったのだ。

この山は、小学生の徒歩遠足《とほえんそく》や理科、体育などの授業には最適《さいてき》な場所だった。

今登ろうとしている車も入れる砂利道《じゃりみち》とは別に、反対側《はんたいがわ》には長い間に踏《ふ》み固《かた》められた登山道《とざんどう》のようなルートがあり、休み休み行っても二時間あれば頂上《ちょうじょう》近くにたどりつく。適度《てきど》な高さと豊富《ほうふ》な植物《しょくぶつ》、昆虫《こんちゅう》の観察《かんさつ》もできるので、僕たちは先生に連れられてよくこの山に登った。頂上《ちょうじょう》近くにはちょっとした広場《ひろば》のような場所があり、そこで弁当を食べるのが何よりも楽しみだった。

ところが、いつのことだか忘れたが、その広場のほんの少し先に、墓地《ぼち》があることを知った。その時のショックといったらなかった。なぜかというと、僕や何人かの友だちはその墓地に迷い込み、墓石《はかいし》にべたべた触《さわ》ってしまっていたのだ。だって柵《さく》も囲《かこ》いもないし、たった一つ、碑《ひ》のように巨大《きょだい》な石の塊《かたまり》があるだけだったから、墓とは思いもしなかった。あとから先生に聞いた話だと、それはこの山の所有者一族《しょゆうしゃいちぞく》がこの辺《へん》に住んでいた頃からの墓で、その下には、本当《ほんとう》に何人もの人が葬《ほうむ》られているのだそうだ。つまり、この山は私有地《しゆうち》らしい。

さらに、これもいつだか忘れたが、墓の先に大きな屋敷があるのを知った。噂《うわさ》を聞きつけて墓の先まで行った子が見たのか、あるいは砂利道を登っていて偶然に見つけたのか、それはよくわからないが——朽《く》ち果ててぼろぼろで、だがとても立派《りっぱ》な屋敷のえらく具体的な外観《がいかん》をクラスの誰かから聞かされ、僕たちは震《ふる》え上がったものだ。絶対そこに幽霊がいるはず、と思ったし、友だちの友だちが、白い影がふわふわと窓のところに漂《ただよ》っていたのを見たとか、変な声が山の奥から聞こえたとか、誰かが家の中に入ったらそのまま行方不明《ゆくえふめい》になったとか——そんな噂が地域限定《ちいきげんてい》で流れまくった。「山の中をむやみに探検《たんけん》しないように」と夏休みのしおりに書かれるくらい、盛《も》り上がっていたように思う。

しかし、その噂は僕らが六年生の頃、急速にしぼんでいった。その屋敷で火事《かじ》があったのだ。ボヤ程度《ていど》で大したことはなかったようだが、放火《ほうか》であるとか爆発《ばくはつ》があったとか、大人がいろいろ心配をし始め、あそこに近寄《ちかよ》ることを本気《ほんき》で注意《ちゅうい》するようになった。幽霊ならまだしも、もし放火だとすれば、まだ犯人《はんにん》は捕《つか》まっていないし、小さな子供に危険《きけん》がおよぶかもしれない、と思う人がいてもおかしくない。

以来《いらい》、あの噂を耳にすることはほとんどなくなった。ただ、昔からこの町に住んでいる大人——たとえば僕の父さんなんかは全然気にしていないようだった。現《げん》にこうして、息子を平気で配達に出すわけだし。

その根拠《こんきょ》は何なのか——僕に何かあったら、父さんは明日《あした》からどうするつもりなんだろうか。

何だか無性《むしょう》に腹《はら》が立ったが、ここまで来て引き返すわけにもいかない。僕は、坂道に思い切って自転車を乗り入れる。

地面は想像以上にでこぼこしていた。激しくバウンドし、たちまちお尻《しり》を打つ。配達用の自転車のサドルは固いのだ。ビールも重い。蟬時雨《せみしぐれ》がやかましい。木々が覆《おお》い被《かぶ》さるように繁《しげ》っているので、ちょっと暗《くら》い。おかげで町よりずっと涼《すず》しいが、坂道が延々《えんえん》と続くので、結局《けっきょく》は汗《あせ》が滝《たき》のように流《なが》れてくる。だからと言って、自転車を降りて引いていくなんてかっこ悪いことはできない。たとえ誰も見てなくても。それに、やっぱりできれば早く用事をすませてしまいたかった。

何も考えないようにして、ペダルをこぐ。立ちこぎをして意地《いじ》で登っていくと、途中でふいに道が途切《とぎ》れた。黒い土がむきだしの切り開かれた場所に出たのだ。

一瞬《いっしゅん》、迷ったかなあと思う。だが、よく見ると奥の方に車が置いてあった。グレーのワゴン車だ。すごく普通の車だった。おそるおそる近寄《ちかよ》って、中《なか》をのぞいてみる。うわ、窓にスモーク貼《は》ってある……暗くて、中はのぞけなかった。別《べつ》の意味《いみ》でびびってしまう。

外車《がいしゃ》かと思ったが、国産《こくさん》だった。ナンバーは東京《とうきょう》だ。他《ほか》には車はない。ここは平らにならしてあるし……どう見ても駐車場だった。ということは、ちゃんと人がいるんだ……。でも、スモーク貼ってる車に乗ってる人って……。

あたりを見渡《みわた》して、ちょっと視線《しせん》を上に向けると、木々の間から家影《いえかげ》が見えた。稲妻《いなずま》が光《ひか》らないのが不思議なくらい、抜群《ばつぐん》のシチュエーションで建《た》っていた。何て不気味《ぶきみ》なんだろうか。別に日が当たっていないわけではない（どころか相当《そうとう》降《ふ》り注《そそ》いでいる）のに、どうしてこんなに暗く見《み》えるんだろう。

僕は、自転車をひっぱって細い山道を登り始めた。さすがに乗っていくことは無理だった。近づくにつれて、家の外側がよく見えてくる。墓地と同じで、柵も囲いもなかった。

噂では、ぼろぼろのかなり大きな家、ということだったが、そうでもない。造《つく》りは、外国映画の田舎《いなか》の家みたいだった。地面から少し階段を上がって、ポーチというのか、それがぐるっと家を囲《かこ》んでいる。二階はないけれど、見える範囲《はんい》ではかなり大きそうだ。でも、想像していたものとは違う。洋風《ようふう》、というのだけはイメージどおりだが、もっとお城《しろ》みたいな——せめて「屋敷」というのが似合《にあ》うような家だったらよかったのに。別にいい悪いはないけど。

それに、ぼろぼろというより単《たん》に汚《きたな》い。壁《かべ》は多分《たぶん》、白かったんだろうが、かなり黒ずんでいる。木造《もくぞう》らしいが、ほとんど粉《こ》をふいたみたいにほこりまみれだ。ポーチのところどころも穴《あな》があいている。けれど、人が住めないくらい壊《こわ》れているかというと、そうでもなさそうだ。裏《うら》の方《ほう》には、確《たし》かに焼《や》け焦《こ》げているところもあったが、あそこは多分風呂場《ふろば》じゃなかろうか。でも、窓枠《まどわく》が焦げている程度《ていど》だし。玄関《げんかん》のドアが歪《ひず》んでいたり割《わ》れている窓もないし。

実際《じっさい》のところ、こんな造りの家は実物《じつぶつ》を見たことがなかったので、ちょっとかっこいいと思っていた。幽霊が出るような雰囲気には見えない。いや、別に出る

わけはないのだが。けど、どっちにしろ放置《ほうち》されていた家ってことだし——そういう家って、住んでた人というか、人間自体を恨《うら》んでそうだ。根拠はないけど、そう思う。

庭《にわ》というか、私有地なんだから、ここら辺《へん》はみんな庭みたいなものだろうが、とにかくあたりは荒《あ》れ放題《ほうだい》だった。適当《てきとう》に木があってがんがん日が当たっているわけではないからまだいいけど、そうじゃなければ雑草《ざっそう》に覆《おお》われてしまうだろう。それに、地面もでこぼこだ。倒れにくそうなところを探《さが》して自転車を停め、ビールの箱を荷台からはずした。

玄関ポーチに上がる時は、なぜか忍《しの》び足《あし》になる。それでも階段がぎしっと音を立てるものだから、ついびくびくしてしまう。

よく見《み》るとドアには、ぞうきんなどで拭《ふ》いたようなあとがあった。ドアノブも少しさびついているが、きれいだ。チャイムを探したが、見当たらない。僕は、なぜか深呼吸《しんこきゅう》なんかをして、ドアをノックする。

「はーい」

思いがけず、すぐに返事が返ってきた。男の人の声だった。僕は蟬時雨《せみしぐれ》に負《ま》けないよう、大きな声で店名を告《つ》げた。

「ビールお持ちしましたー」

「はーい、ごくろうさま」

ドアが開くまで、少しだけ時間がかかった。耳をすまして、人の気配《けはい》を感じ取ろうとしたが、何の前触《まえぶ》れもなく、ドアは開いた。ぎーっと耳障《みみざわ》りな音が響《ひび》く。不気味《ぶきみ》な音、と思ったが、それはまだよかった。

目の前に、誰もいない。ドアだけ開いた。家がぽっかり口を開けたようだった。

うっ、これは……やばいかも。

背中をつーっと汗がつたう。なのに、鳥肌《とりはだ》が立った。信じてないけど……信じてないけど、ほんとだったのかも。

ビールを放り出して逃げよう、と思った時、

「下、下」

——足元《あしもと》から声がした。僕は反射的《はんしゃてき》に言《い》われたとおり、下を向いた。

小さなぶたのぬいぐるみが、僕をじっと見上げていた。

僕とぬいぐるみは、しばらく無言で見つめ合っていた。黒いビーズの点目と、こんなに長い間見つめ合うなんて、思ってもみなかった。右側がそっくり返った大きな耳と突き出た鼻。くすんだ桜色の身体に、濃いピンク色の布が張《は》られた手足。その小さな足だけで、バレーボールくらいの大きさの身体を支えていた。

最初《さいしょ》に思《おも》ったことは、意外《いがい》なことに「あ、かわいい」だったが、その鼻が、突然もくもくっと動いて、声が聞こえた。

「ごくろうさま。箱、そこに置いてください」

「うわあああっ！」

僕は思わず叫《さけ》んで、もう少しでビールの箱を落とすところだった。何とか持ちこたえたのは、もろにぬいぐるみの上に落としそうだったからだ。

僕の大声に、ぬいぐるみもびっくりしているようだった。いや、何でそんなことがわかるんだろう。

「……平気？」

そして、今度は心配《しんぱい》そうな顔だ。どうしてこんなに変化《へんか》するんだ？　本当にそう思ってるみたいじゃないか。そんな……もう背丈だって百七十を超えて、いっぱしの大人のつもりなのに、そんな子供を見るような目で見られるなんて――僕の掌《てのひら》に乗るくらいのぬいぐるみに。

「どうぞどうぞ。いいから、入って」

また鼻が動いた。どうも話す時には鼻が動くらしい。それとも、鼻でしゃべっているのか？

どうしよう――僕はビールの箱を胸に抱えたまま、悩んだ。このまま帰ってしまうべきだろうか。だって、こんな小さなぬいぐるみがビールを注文するなんて、変だもん。飲めないだろう、普通。中《なか》からじわじわ浸《し》みるはず。そもそも口があるのか？　鼻がしゃべってるみたいなのに……。

そうだ。一つ確かめていないことがあった。

「あのう……早坂さんのお宅ですか？」

ここがそうだ、と思い込んでいたのだ。違うかもしれない。いや、絶対に違うはず。だって、友だちが言っていたのは、もっと大きくてレンガ造りで三階建てくらいで丸窓がたくさんあって観音開《かんのんびら》きの玄関で――。

「そうですよ」

ぬいぐるみは、あっさりと認めた。――とすると、僕はビールをここに置いて、お金をもらわなくてはいけないらしい。確かめなければよかった、と思《おも》う。

「ま、とりあえず中に入ってよ」

ぬいぐるみは再《ふたた》び僕にすすめる。手をいっしょうけんめい振《ふ》って、招《まね》き入れようとしていた。

僕は覚悟《かくご》を決めた。思い切って家の中に足を一歩踏《ふ》み入れた。

「あ、靴《くつ》は履《は》いたままでいいから」

――そんなこと、考えもしなかった。ここが日本の田舎であることなんて、すっかり忘れていた。そうか……普通だったら靴を脱《ぬ》ぐことをまず考えるはずなのに――僕は、相当動転《そうとうどうてん》しているらしい。それとも、違う世界に入り込んでしまったんだろうか。

手がしびれてきたので、玄関脇《わき》にビールの箱を慎重《しんちょう》に置いた。振り向くと、ぬいぐるみがいない。はっ。まさか、罠《わな》かも!?

ものすごく焦《あせ》っていると、奥から自分の顔くらいあるガマ口財布《ぐちさいふ》らしきものを持って現れた。ととと、と滑《すべ》るように軽《かろ》やかな動きだった。つい状況を忘れて、見惚《みと》れてしまうくらい。

「いくらかな?」

「あ、ええと——」

つっかえつっかえ金額《きんがく》を答《こた》えると、ぬいぐるみは鼻《はな》を財布に突っ込んだ。そして、指もない柔《やわ》らかそうな手で小銭《こぜに》をゆっくりと一つ一つつまみだし、消費税《しょうひぜい》も含《ふく》めてぴったり差し出す。

「はい」

「あ、ありがとうございました——」

受け取りながら機械的にお礼を言って、領収書《りょうしゅうしょ》を渡《わた》す。何を言ってるんだろうか。何でぬいぐるみにお礼なんか……いや、でもビール買ってくれたわけだし……いやっ、何でぬいぐるみがビールを!?　未成年《みせいねん》じゃないのか!?　いや、大人とか未成年とか誰が決めるんだ？　ぬいぐるみがビール飲んでもいいのなら、僕だって飲んでもいいはずだよな。

「ずいぶん汗かいてるけど、自転車で持ってきてくれたの？」

声は、相変《あいか》わらず足元から聞こえる。

「は、はい」

確かにそうだけど、今の汗の原因はちょっと違う——とはとても説明できそうになかった。

「悪いね、こんな山の上まで。時間があるなら、冷たいお茶でも飲んでかない？　おやつもあるよ」

僕はうつむいて、ぬいぐるみを改《あらた》めて見た。配達《はいたつ》に行くのはたいていお年寄《としよ》りの家なのだが——こういうことは、夏場《なつば》になると特《とく》に言われる。思いっきり自転車をこぎ、重たい荷物を運んだあとにもらう一杯の麦茶《むぎちゃ》は格別《かくべつ》だ。アイスや氷なんかも振る舞われる。一人暮らしの人が多いから、みんな淋《さび》しいのかな、と思ったりもする。「今日はあんたとしかしゃべってないよ」と言《い》われたこともあった。

このぬいぐるみは、とてもかわいいけど、年寄りなんだろうか。

それに、冷たいお茶――ああ、飲みたい。喉《のど》が、ほんとにカラカラだった。自転車をこいだせいだけじゃない。

僕は、ついうなずいてしまった。

「ほんと？　じゃあ、ちょっと待っててくれる？」

ぬいぐるみは、くるりと後ろを向くと、ぱたぱたと奥に駆《か》けていった。どうもあの小部屋が台所らしい。

ぬいぐるみが目の前にいなくなって、僕は大きくため息をついた。急に力が抜けたようだった。

少し気分が落ち着いてくると、家の中を観察《かんさつ》する余裕《よゆう》が生まれてきた。入ってすぐのここは、居間《いま》のようだ。フローリングの床《ゆか》は、ちょっとけばだっているけれどもきれいに掃除《そうじ》がしてあるみたいだし、古ぼけてるけど豪華《ごうか》なソファーのセットが置いてある。ローテーブルの上には、たくさんの本と、つけっぱなしのノートパソコンが置いてあった。パソコン――誰《だれ》が使うんだろう。まさか、あのぬいぐるみ……？　ぬいぐるみがパソコンなんて……それは、年寄りとはちょっと違うかも――というのは偏見《へんけん》かな？　うう、そういう問題じゃなくて……とりあえず今は、考えないようにしておこう。

窓は大きくて、ぴかぴかに磨《みが》かれていて、いっぱいに開け放たれている。虫がばんばん入ってくるだろうに――と思ったけれども、ぬいぐるみは刺《さ》されないか。ならいいや。

ここであのぬいぐるみは、何をしてるんだろう。ほんとにこの家にいていいものなんだろうか。勝手に入り込んだんじゃないのか？　早坂さんはどこだろう。まさか、あのぬいぐるみが早坂さん!?　いやいや、そんなバカな。じゃあ、本物の早坂さんは？

ふいにこの間ビデオ屋で借りた古いホラー映画を思い出した。人里離《ひとざとはな》れたボロい一軒家《いっけんや》に、殺人鬼《さつじんき》の一家《いっか》が住んでいる話だった。たまたまそこを通りかかった旅行者《りょこうしゃ》たちが次々襲《おそ》われていく。こんなふうに緑深い山ではなく、もっと乾燥《かんそう》しただだっ広い荒野《こうや》みたいな場所にその家《いえ》はあったけれども、ここは日本だし、日本で人里離れている場所って言ったら山の中だ。まさに、こんな感じのところ。どうしよう、いきなりチェーンソーで襲われたら。けど、あの小さな身体でチェーンソー……いくら何でもあの顔では、迫力ない。第一、持ち上げられないだろう、電ノコなんて。どのくらい重いか知らないけど。

そんなことを考えていたら、あまり怖くなってきたが、台所から現れたものを見て、僕は改めて仰天《ぎょうてん》した。

大きなお盆《ぼん》が、ちょこちょことこっちに向かって歩いてきたからだ。いや、よく見れば、そのお盆にはピンク色の足が生《は》えているではないか。

また悲鳴《ひめい》をあげそうになった瞬間《しゅんかん》、

「ごめん。ちょっと悪いけど、このお盆を持ってもらえるかな。重くてね」

と気の抜けるようなこもった声が聞こえた。あわててお盆を取り上げると、そこにはもっとすごいものがあった。つぶれた身体から、大きな耳が生えていたのだ。呆然《ぼうぜん》と見ていると、そのうちモコモコっと頭《あたま》が伸《の》びる。不思議だ……ここは幽霊屋敷ではないみたいだけれど……なんか別の場所だ。

「ありがとう。じゃあ、ついでにそれを持ってついてきてくれるかな」

と言われて、初めてお盆の上のものを見た。ガラスの器《うつわ》と氷《こおり》の入ったコップが二つ。よかった、液体じゃなくて。中身《なかみ》をこぼしたりしたら、もっとうろたえてしまうだろう。

ガラスの器の中には、白っぽいオレンジ色のふるふるしたものが入っていた。何だろう。いい香《かお》りがする。

元に戻ったぬいぐるみは、大きな掃《は》き出し窓から外に出た。ついていくと、そこは広めのデッキで、元は白かったであろう（だが掃除はしてある）テーブルとお揃《そろ》いの椅子《いす》が二脚《にきゃく》置いてあった。一つには、ふんわりしたクッションが置いてあった。木陰《こかげ》がちょうどよくデッキを覆っていて、風もよく通る。まるで高原みたいだった。

「テーブルの上《うえ》にそれ、並《なら》べといてくれる？」

言《い》われるまま器とコップを置いていると、ぬいぐるみは再び家の中に入り、間もなくガラスのポットを持って戻ってきた。クッションが置いてある椅子からテーブルにぴょんと身軽に飛び乗ると、飲み物をコップに注《そそ》ぐ。

「さあ、どうぞ座《すわ》って」

僕はまだ少しためらっていたけれども、結局《けっきょく》は椅子に座った。汗をかいたコップの中には、薄茶色の液体が入っていた。何だろう。麦茶かな。それともウーロン茶？　アイスティー？　飲んでも大丈夫なんだろうか……。

とても不安に思って目をぬいぐるみに向けると、もうごくごくと飲み干しているのでものすごくびっくりする。そのかわいらしい両手でコップを持ち、どう見ても鼻で飲んでいるとしか思えない状況で飲み物は減っていくのだ。喉の鳴る音さえ聞こえるようだった。あそこが喉なら、だけど。

その威勢《いせい》のいい飲みっぷりに、僕の喉の渇《かわ》きはさらに増した。我慢なんてできるわけない。思い切って口をつけてみる。

むせるようないい香《かお》りが口いっぱいに広がった。お茶の香りじゃない。これは――花だ。清々《すがすが》しい花の香りのあとから、淡《あわ》い渋《しぶ》みがついてくる。喉の渇きと身体の熱さが、一気に癒《いや》されるみたいだった。

「うわ、おいしい……」

思わず声が出る。

「おいしいでしょ？」

ぬいぐるみはなぜか得意《とくい》そうだった。もう二杯目を注《そそ》いでいる。

「これは……ジャスミン茶？」

店でも売っているお茶のペットボトルとよく似ていた。でも、比べものにならないくらいの香りと味だ。渋いのに、後味《あとあじ》が甘いのなんて、初めてだった。

「そうだよ。いただきものなんだけど、すごくいいジャスミン茶なんだって」

これが本物のジャスミン茶なのか……。そう思うと止まらなかった。一気に飲み干す。ぬいぐるみは、僕にももう一杯注いでくれた。

僕は、それに驚くどころか、ちょっと感激《かんげき》していた。というか、おいしいものを口にするとこんなに感激するものなんだ、と初めて知ったような気がしたから。

「こっちも食べて」

もう躊躇《ちゅうちょ》はしなかった。僕はガラスの器の中のオレンジ色のものをスプーンですくい、口に入れる。お茶とは違う、濃厚《のうこう》な香りが鼻に抜けていく。

「これもおいしい。何?」

「それはね、マンゴープリン。途中で安いマンゴーが売ってたから、たくさん買ってきて作ったんだよ」

「えっ、マンゴープリンって作れるの!?」

カップで売ってるのしか食べたことがない。いや、それよりぬいぐるみが作ったって!?

「作れるよ。あんまりいいマンゴーじゃないから、生クリームを多めに入れてみたんだけど、おいしいかな」

「すごくおいしい……」

マンゴープリンは甘くクリーミーで、果実《かじつ》が小さく残っていて、ジャスミン茶にとてもよく合《あ》った。

僕の答えに満足したのか、ぬいぐるみはスプーンを取り、マンゴープリンを食べ始めた。オレンジ色のふるふるが、ぬいぐるみの中に吸い込まれていく。

「うん、上出来《じょうでき》。よかった、いっぱい作っちゃったから、どうしようかと思ってたんだよ」

ぬいぐるみはうれしそうにそう言った。何だろう……つまり僕は、ちょうどいい時にやってきたってことか？　僕でなく、父さんだったら、こんなふうに誘《さそ》ったんだろうか？　父さんが白い椅子に座って、マンゴープリンを食《た》べているところを想像してみた。……似合わないなあ。

僕はマンゴープリンもおかわりして、夢中《むちゅう》で食べた。木洩《こも》れ日に反射《はんしゃ》する氷がまぶしかった。

気がついた時には、三杯目のお茶もほとんど残っていなかった。ぬいぐるみは何も起こらなかったように、クッションの上に静《しず》かに座っている。

僕たちはしばらくそのまま、黙って座っていた。ここは、ほんとに幽霊屋敷なのか？　ただの田舎の山の中なのか？　どうして僕は、こんなところでぬいぐるみが作ってくれたマンゴープリンを食べ、いい香りのするジャスミン茶を飲み干しているんだろうか。

僕は、いったいどこにいるんだろうか――。

「――さて」

沈黙を破ったのは、ぬいぐるみだった。彼は――そう、まさに彼は大人の男の人の声をしていた。まるで事件の真相を暴《あば》く探偵《たんてい》のように。

でも、そのあとの言葉で、彼は探偵でも何でもないとわかる。

「ジャスミン茶、もう一杯飲む?」

僕は、素直にうなずいた。ぬいぐるみは、ポットの中の残りのお茶を注ぎながら、こう言った。

「中学生?」

「そうです」

「おうちの手伝い?」

「うん」

「偉《えら》いね」

そういうわけじゃないけど。何だかこんな小さなぬいぐるみに「偉いね」なんて言われると、とても複雑な気分になる。そうだ。彼は立派《りっぱ》なぬいぐるみなんだった。

「あのう……ほんとにぬいぐるみ？」

「そうだよ」

点目でまっすぐ見つめられる。さっきの僕と同じくらい素直《すなお》な答えだった。

「名前ってあるの？」

「名前はね、山崎《やまざき》ぶたぶたっていうの」

ぶたぶた——何てそのまんまの名前なんだろうか。こんなによく似合う名前を持っている人、生まれて初めて会った。いや、人じゃないんだけども。

「あ、でも、ここ……早坂さんって……」

「そうそう。早坂さんちの別荘なんだけど、夏の間、借りたの。お風呂が壊《こわ》れてるから、誰も使わないって言うんで」

「……一人で？」

「そう。ちょっと仕事でね」

仕事!? 何の仕事だろう。ぬいぐるみの仕事って、窓際《まどぎわ》に置かれて、淋《さび》しい人の話を聞いてあげたりとか？

「あの……どんな仕事なの？」

ぶたぶたは、短い腕でむりやり腕組みをし、「うーん」とうなってから言った。

「この夏はとりあえず、本を読むことが仕事かな？」

……何だろう、本を読むだけの仕事って。学者かな？ それとも、僕が知らないだけで、そんな楽そうな仕事があるんだろうか。でも、ぶたぶたには似合わないような気がする。かと言って、さっき思い浮かべたぬいぐるみの仕事ぐらいしか他に思いつかないけど。

「ここって、幽霊屋敷って言われてるんでしょ？」

ぶたぶたは、話題をさりげなく変えた。

「そう。お墓があるんで、僕たちが小学生の頃流行《はや》ってた話だよ。火事もあったって聞いたけど」

「そうそう。その火事のせいでお風呂が使えなくなったんだよ。その前からガス窯《がま》の調子が悪くて、早坂さんが調べてたら、火を吹《ふ》いちゃって、そのあと消火《しょうか》したつもりで帰ったんだけど、結局《けっきょく》小さな爆発《ばくはつ》を起《お》こしちゃったんだって」

そうだったのか。放火《ほうか》ではなかったんだ。でも誰もいないところでの爆発だったから、けっこうな騒ぎになったんだな。夏に風呂に入れないのは不便《ふべん》だけど、ぬいぐるみじゃそんな必要はなさそうだし。

「それから、大人が近寄《ちかよ》るなって言うようになったんだよ」

「そういう噂《うわさ》があるって聞いたんで、それでここに来たの。なるべく静かに仕事したいから。だから、ここには誰もいないってことにしといてほしいんだよね。こっちから配達を頼んでおいてなんだけど」

鼻をぷにぷに押しながら、申《もう》し訳《わけ》なさそうにぶたぶたは言う。

「ほんとは、ここを紹介してくれた早坂さんがいろいろ物資《ぶっし》を調達《ちょうたつ》してきてくれるってことだったんだけど、ビールはお互《たが》いが持ってくるもんだと思っててねえ。行き違いがあって、それで配達を頼んだの」

ははは、と恥《は》ずかしそうに笑う。

「ビール、好きなの?」

「うん。大好きなんだよ。我慢《がまん》してれば、明日には早坂さんが来るのに、我慢できなくて」

いたずらを見《み》つかった子供みたいだった。けど、僕は頼まれる前から黙《だま》っていようと決めていた。だって、これじゃ噂が本当になってしまう。僕だって、見ただけだったらおばけが出たと思い込んだろう。でも、彼がおばけと思われるのは、何となくかわいそうな気がするから、僕は黙っていようと思ったのだ。

「ここ、自分で掃除したの? あの……」

「ぶたぶたって呼んでいいよ」

にっこり笑って、ぶたぶたは言った。点目のままなのに、すべて表情がわかる。そんな彼の秘密《ひみつ》(?)を知っているのは自分だけだ、と思《おも》うと僕は無性《むしょう》にうれしかった。

「こんなに掃除するの、大変だったでしょう、ぶたぶた?」

口に出して彼の名前を呼んでみると、僕は急に自分が少し変わったような気がした。何がどう、というのはわからないけれども、今朝《けさ》までの僕と、今の自分がほんの少しだけ違うと思ったのだ。何時間かしか違わないし、いいか悪いかもわからないけど、それはとても僕をわくわくさせた。

「まあね。でも、このポーチと居間と台所くらいだから。早坂さんも手伝ってくれたよ」

その早坂さんも、まさかぬいぐるみじゃないよな……。

「あっ！　あの車は⁉　下にあった車は早坂さんの？」

「あれはうちの」

当然のように、自分を指さす。

「えっ⁉　運転できるの⁉」

僕は声も出《で》なかった。免許《めんきょ》は？　いやいや運転できるのなら持っているはず……僕はまだ何も持っていないというのに。どうやらぶたぶたは、僕よりもずっとずっと大人らしい。

「何かあったら、車出してあげるよ」

いやそれは……どうだろう……？

「そういえば、まだ名前を聞いてなかったね」

「あ、俺《おれ》――菅野《かんの》一郎《いちろう》っていいます」

「一郎くんね。よろしく」

ぶたぶたは、僕に向かって手を差し伸べた。僕も手を出す。ものすごく大きさが違った。僕よりも背の高い奴はたくさんいるけれども、ぶたぶたは僕や他の人より、ずっと小さい。でも、この手でお茶をいれてくれて、マンゴープリンも作ってくれた。僕よりも、ずっと偉い手だと思う。

ぶたぶたの手を握《にぎ》ると、さらさらした布の感触《かんしょく》が掌《てのひら》に伝わってきた。僕は今までのどんな握手《あくしゅ》よりも温《あたた》かく柔《やわ》らかい彼の手を、ありったけの気持ちをこめて握りしめた。


ビールを二人で大きな外国製の冷蔵庫《れいぞうこ》に詰《つ》め込《こ》んでから、僕はぶたぶたの家をあとにした。

帰り道、山のふもとまで一気《いっき》に降《お》りる。一度もブレーキをかけず、石だらけの道を走るのは、とてもスリルがあった。けど、ちっとも怖《こわ》くなかった。むしろ今の自分は、何でもできそうだった。

「明日もまた来てもいい？」

帰り際、思い切ってたずねると、

「いいよ」

とぶたぶたはあっさり言う。

「けど、仕事をするんでしょ？」

「それはたいてい夜だしね。そのかわり、また配達を頼むと思うけど」

「そういうことならいくらでも頼んでよ」

それなら、大っぴらに出かけられるし。僕たちは、携帯電話《けいたいでんわ》の番号も交換《こうかん》した。

舗装《ほそう》された道に降りてきてからは、ゆっくりとペダルをこぐ。とにかく楽しい気分だった。ぶたぶたのしぐさなどを思い出して、ついニマニマしてしまう。よく考えれば、すごいことだ。そんなすごいことを、こんなに簡単に受け入れている自分もすごいなんて、バカみたいに思ってていいんだろうか！

こんなにも面白くてうれしいなんて、父さんと母さんに悪い気さえする。でも、夏休みなんだから。少しぐらいいいと思《おも》う。こういう秘密《ひみつ》なら、きっと誰も「いけない」なんて言わなさそうだし。

そろそろ気温が下がってくる時間帯だった。空を仰《あお》ぎ見ると、もくもくと入道雲《にゅうどうぐも》が湧《わ》いている。夕立《ゆうだち》が来るかもしれない。けっこう長くあの家にいたんだな。

町を縦断《じゅうだん》する大きな川を渡ると、住宅地や店などが次第《しだい》に増えていく。行きにも渡った橋にさしかかった時、欄干《らんかん》に見憶《みおぼ》えのある女の子が寄りかかって川面《かわも》を見つめているのに気づいた。

Tシャツにジーパン、かかとを踏んだスニーカーというのがいつものいでたちの彼女の名前は、鞆谷久美《ともたにくみ》という。僕の幼《おさな》なじみだ。幼稚園の頃から、小六までクラスが同じ。家も近所で、昔は登下校も一緒だった。

「久美ー」

僕が声をかけると、彼女は振り向く。ショートカットの黒髪が、少しだけ揺《ゆ》れた。

「何してんの？」

声をかけながら、久美の脇に自転車を止めた。乗ったまま、欄干に手をそえて支える。

「何でもない。暑いね」

そう言って、久美はちょっと笑った。明るくて気の強い久美にしては笑顔に力がないぞ、と思ったが、夏休みになって気が抜けているんだろう。

「部活は？」

「今日はない」

久美は、バスケットボール部の主力選手《しゅりょくせんしゅ》だ。県下でも、うちの学校は実力派だったりする。

「休み？」

「ううん、あたしが休んだの」

「どうした、具合《ぐあい》でも悪いの？」

「まあね。ちょっと風邪《かぜ》ひいたの」

それは珍しい。健康管理に厳《きび》しい久美としては不覚《ふかく》なことだろう。

「一郎は？」

「うちらも今日はないよ」

僕は、弱小《じゃくしょう》野球部に入っている。

「けど俺、朝練《あされん》だけにしようかと思ってて」

「何《なん》で？」

「母さんが家出てったから、店手伝《てつだ》わないと」

というのは実は口実《こうじつ》だった。本音《ほんね》はもちろん、ぶたぶたのところへ行くためだ。

でも顧問《こもん》の先生も、この理由ならさぼってても文句は言うまい。

ところが久美はひどく顔を曇《くも》らせて、驚《おどろ》いたような声をあげた。

「え、おばさん、ほんとに出てっちゃったの？」

僕はよく久美だけでなく友だちみんなに、両親のケンカのこととかを話していた。ほんとに毎日のことだったから、自分としては話のネタの一つだったし、みんな笑っていた。久美もそうだったはずだが――。

「どこに行ったの？」

「実家《じっか》だよ。そんな心配そうな顔するなって」

こんな反応《はんのう》が返ってくるとは思わなくて、僕もびっくりしてしまう。

「ふーん……すぐに帰ってくるの？」

「いや、少なくとも夏休みの間は行ったまんまなんじゃないのかな」

適当《てきとう》なことを言うしかないので、そう答えてみる。

「そうなの……」

久美の顔は、ますます暗くなっていく。

「……母さんに用事でもあった？」

「ううん。そういうのはないけど。ただちょっとショックだなあって……」

「お前がショック受けることないじゃん。平気だよ。そのうち帰ってくるから」

と言ってみて、本当にそうなるかが急に不安になった。実家へとはいえ、本気の家出は今回が初めてだ。初めてだから、と楽観的《らっかんてき》に思っていたが、初めてだからこそ、母さんがどんな態度《たいど》に出るかはまったくわからない。

帰ってこなかったら——と少しでも考えると、胸がざわついてくる。そんな気分になるとは思ってもみなかった。でも、もっと考えたからって、多分結論は出ない。考えないようにするのが、一番なんじゃないだろうか。その時は、なるようにしかならないし。

「家のこととか大丈夫《だいじょうぶ》?」

「洗濯《せんたく》と掃除くらいは、俺も父さんも何とかできるよ。飯《めし》は弁当あるし」

実は考えていなかったけど、口に出すと何とかなりそうだ。

「そっか。一郎、何もしないから、どうするのかと思って」

「そういうお前だって、そうだろ」

何もしないなんて決めつけられて、思わず言い返す。

「そんなことないもん。ごはんくらい作れるよ」

むきになって久美も言う。とても信じられない。弁当すら自分で作った気配《けはい》がないのに。

「あたしだって、料理くらいするんだからね」

珍しくふくれっ面でくり返す。

「じゃあ、マンゴープリン作れる？」

「作れるよ」

「インスタントじゃないぞ。生のマンゴー使って作るんだ」

「え……？」

久美の勢《いきお》いはとたんにしぼむ。ほら見ろ。

「作ったことないだろ？　だめだなあ。まだまだ甘いよ」

久美は唇《くちびる》を噛《か》んで、じっと僕をにらみつけていた。あれ。何だかいつもと様《よう》子《す》が違う。

「帰る」

くるっと向きを変えると、久美はすたすたと歩き出した。まっすぐ背筋《せすじ》を伸ばし、すごい早足《はやあし》で。

「久美ー、どうした?」

久美は答えず、そのまま振り向きもしない。何だろう。どうして怒ったんだろうか。

僕は首を傾《かし》げながら、彼女の後ろ姿を見送った。

2

次の日から、僕《ぼく》はぶたぶたの家をしょっちゅう訪ねるようになった。ぶたぶたは約束どおり、日用品から食料まで、うちのコンビニで注文してくれるようになったのだ。都合がつけば、毎日でも僕はぶたぶたの家へ行った。

そのうち、二人で一緒に昼食を食べるようになった。ぶたぶたは料理が上手《じょうず》だ。小さい身体なのに、椅子や踏《ふ》み台《だい》なんかを使って、ちゃんとガス台で鍋《なべ》やフライパンを振《ふ》るう。そうめんとかの簡単《かんたん》なものでも、つゆや薬味《やくみ》を手作《てづく》りして、毎日食べても飽《あ》きないように工夫《くふう》する。少ない材料《ざいりょう》で、たっぷりとお腹《なか》いっぱいになる料理《りょうり》を手早《てばや》く作《つく》るのだ。

そんな様子《ようす》を見ていたら、僕の母《かあ》さんも相当手際《そうとうてぎわ》のいい人だとわかってきた。

今までそんなこと全然意識《いしき》したことなかったけれども、少ない時間でおいしいものを作ろうとがんばっていたんだな、と改《あらた》めて思《おも》う。

ぶたぶたを手伝ううち、僕も焼きそばとかチャーハンとかの簡単な料理ならできるようになってきた。一度父さんにも作ってみたが、おいしいともまずいとも言わず、ぱくぱく食べて「ごちそうさま」だ。これじゃ母さんがケンカしたくなる気持ちもわかる。

それをぶたぶたに言ったら、

「それはびっくりしたのもあるんだろうし、照《て》れくさいだけじゃないかなあ」

考えてみれば、中学生の息子が、いきなり今までまったく関心《かんしん》のなかった料理を始めたら、何だと思うかも。単純に母さんのかわり、とは考えないんだろうか。

——とぶたぶたに訊《き》いてみたかったが、そうすると母さんが出ていったことを話さなくてはならない。ケンカをよくする、とは言えても、やはりまだ本当のことは言えなかった。

それに、ぶたぶただって秘密《ひみつ》は相変《あいか》わらず多い。よく携帯《けいたい》に電話やメールが来る。しゃべっていることや、メールを見ている表情からすると、ぶたぶたには家族がいるみたいな気がする。ぬいぐるみなんだけど。小さな子供もいるような……そんなしゃべり方をしている時もあった。まだ確かめてないが、多分《たぶん》当たってる。訊けないのは、その家族が人間なのかぬいぐるみなのかを考えると、頭がぐるぐるしてくるからだ。

でも、一番の謎《なぞ》は、ぶたぶた自身の毎日だ。実は次の日行ってみて、一番びっくりしたことは、デッキで行水《ぎょうずい》をしていたことだった。

声をかけても返事がないし、家の玄関は開いているしで、もしかしたら昨日のことは幻《まぼろし》だったのかも——と思いながらもう一度声をかけた時、外から返事があった。

デッキに行《い》ってみると、ぶたぶたはたらいに水を張って、その中に座り込んで本を読んでいた。日光が水に反射《はんしゃ》して、ひときわまぶしく、その中にいるぶたぶたは、本当に幻のようだった。

「やあ、おはよう。今日《きょう》も暑いね」

湿《しめ》ってけばだった皮膚《ひふ》――じゃなくて布地《ぬのじ》にお椀《わん》で水をひっかけながら、ぶたぶたは挨拶《あいさつ》をした。

「……何してるの？」

つい素直にたずねてしまう。

「行水《ぎょうずい》だよ。お風呂が使えないから。でも、ちょうどいいんだよね。手軽《てがる》だし、暑いから水で充分《じゅうぶん》だし」

ということは、お風呂が使えたら使うってことなんだな――と思って、ちょっとくらくらした。

ぶたぶたは、たらいの中で立ち上がると、椅子に置いてあったタオルを取って、身体にきっちりと巻《ま》き、外に出た。自分の身体を丹念《たんねん》に、絞《しぼ》るように拭《ふ》いて、タオルを取り去ると、けっこう乾《かわ》いているように見えるから不思議《ふしぎ》だ。耳が少し垂れ下がっているけど。

「これでしばらく外にいると、すぐに乾くんだよね」

そう言って、日の当たる椅子にちんまりと座る。洗われたぬいぐるみって、何だかとても情けない感じがするけれども――こうやって座っていると、単にさっぱりしたってだけに見えた。

こんな調子で、僕が家に訪ねると、ぶたぶたはたいてい本を読んでいるか、行水をしているか、あるいはその両方か、だった。さすがに仕事だけあって、本は手放《てばな》さない。分厚《ぶあつ》い難《むずか》しそうな本もあり、薄い文庫本もあり、マンガや雑誌を読んでいる時もあった。いったい何の研究をしているのか、読んでいる本だけではさっぱり見当がつかない。でも、宿題は手伝ってくれるのだ。先生よりも、ずっと教え方がうまい。

あとは散歩《さんぽ》くらいだろうか。山の中を二人で歩《ある》いて、虫を捕《つか》まえたり、鳥を観察《かんさつ》したり、写真を撮《と》ったりした。ぶたぶたは木登りが上手だ。僕が木の股《また》まで上げてあげると、あとは小さな手足を器用《きよう》に動かして、どんどん登っていく。僕はけっこう身体がでかいので、枝が折れてしまいそうになるのだが、ぶたぶたはまったく平気。しかもとても速い。あんなに軽いんだから、当たり前か。

そんな感じで、実に地味な毎日《まいにち》をぶたぶたは送っていた。山から降りることはなく、人が来るのはたいてい夜の間らしい。まるで缶詰《かんづめ》のような生活をしていた。車もあるから、僕が見ていない時間どうしているかはわからないけど。でも、確《かく》実《じつ》にビールは減っているので、家で過ごしているんじゃないかと思うのだが——。

「のんびりと本を読むだけで仕事になるなんて、楽だなあ」

ある日僕がそう言《い》うと、ぶたぶたは困ったような顔をして鼻をぷにぷに押すだけだった。何でそんな顔をしたのかは、教えてくれなかった。

でも、まだまだ夏休みは始まったばかり——そんなに焦《あせ》って秘密の真相を知りたくなかった。この山の中の古い涼《すず》しい家で、二人でしゃべったり、昼寝をしたり、ごはんやおやつを食べたりするだけでも充分《じゅうぶん》楽しかったから、このままずっと過ごせたらいいな、と思う。こんな近くなのに、僕も別荘《べっそう》に遊びに来ているようだった。

八月になるまで、そんなふうにのんびりと——悪く言えばだらだらと過ごしていた。朝から猛烈《もうれつ》に暑《あつ》くて、日の陰《かげ》る日は数えるほどしかなく、夕立の激しい雨に救われる、いつもの夏らしい夏だった。ぶたぶたのことは、誰にも知られていないようだ。

でも、母さんが帰ってくる気配はない。何回か電話はあったが、父さんと話しているかはわからない。父さんもずっと忙しいままだ。

少しだけ、このままでいいのかな、と思い始めていた。ぶたぶたと遊ぶのに夢中で、ずっと考えずに過ごしてきた。いや、考えずにすむのがありがたくて、遊びに行《い》っていたのかもしれない。

その日も、僕は小峰山《こみねやま》へ行こうとしていた。配達はないけれど、もうそんな口《こう》実《じつ》を用意することもなくなっていたから、当然《とうぜん》のように行くつもりで、雑然《ざつぜん》としているのに、がらんとして誰もいない家を見ないようにして飛び出した。でも、店の前を通りかかった時の父さんの働く後ろ姿を見かけて、珍しく少し考え込んでしまった。

ぶたぶたは、多分《たぶん》父さんとそれほど年が変わらないように思うのだ。確かめてないけど、きっとそうだと思う。本当ならぶたぶたも、父さんみたいにいっしょうけんめい働かないといけないのかもしれない。仕事でここに来ているって言ってたのに、僕が甘えて、邪魔《じゃま》をしているんじゃないか、とも思い始めていた。

働く度合《どあ》いが（見た目でしかないけど）、父さんとぶたぶたの真ん中くらいだったら、母さんも出ていかなかっただろうか——そう思うと、少しペダルが重くなってきた。だんだんゆっくりになり、ついには自転車は止まる。降りて転《ころ》がしながら、さらに考える。用のない時は、遠慮《えんりょ》をすべきではないだろうか。今日はやめようか、どうしようか……。

そんなことを考えながら歩いていたから、声をかけられてもすぐにはわからなかった。

「……一郎。一郎ってば」

はっとして足を止める。久美の声だった。いつの間にか、橋のところまで来ていた。水の上なので、渡る風が少し涼《すず》しい。

「あ、何？　ごめん、ぼっとしてた」

振り向《む》くと、久美はいつものいでたちに、麦わら帽子《ぼうし》をかぶっていた。髪の毛がほとんど見えなくて、男の子みたいだった。

「とうもろこしと枝豆《えだまめ》もらったの。ママが分けてこいって」

久美はスーパーの大きなビニール袋を差し出した。毎年久美のお父さんの実家から送られてくるものだ。今年は豊作《ほうさく》だったのか、いつもより多い。家に誰もいないのに――。

「あ、ありがと」

そうだ。ぶたぶたにあげよう。ビールが大好きだから、特に枝豆は喜《よろこ》ぶだろう。これで遊びに行く立派《りっぱ》な口実《こうじつ》ができた。

「最近、忙《いそが》しいの？」

僕がビニール袋を受け取ると、久美が言う。

「ううん、別に」

「そう？　店に行ってもあんまり見かけないし」

もしかして、今日もこれを届けるために行ったんだろうか。そんな汗《あせ》だくで探《さが》さなくても、父さんに預《あず》けてくれればいいのに。

「配達にけっこう行ってるんだよ」

「ふーん……。おばさん、戻ってきた？」

「……ううん、まだ」

久美はふいに口をつぐんでうつむいた。いろいろ訊いていたくせに、突然黙《だま》るなんて……この間も変だったし……わかんないなあ。何か言いたいことでもあるんだろうか。

「あのさあ――ママから、一郎のおばさんの実家《じっか》の場所聞いたの」

突然久美は言う。

「ん？」

僕はまぬけな返事をしてしまう。何でそんなことを久美が？

「おばさん、連れ戻しに行かなくていいの？」

でも久美は、もっと驚くようなことを言った。

「おじさんが行かないからってそのままにしちゃよくないよ」

久美が言《い》ったとは思えないことだ。彼女はどちらかというとクールな方で、特

に家族のことに関してはけっこう突っぱねるタイプだった。たとえば、うちの母さんと父さんのケンカについて話しても、

「夫婦のことは、立ち入らない方がいいよ」

とか小学生の頃から言《い》うような子《こ》だったのだ。一人《ひとり》っ子《こ》っていうのは違《ちが》うなあ、とずっと思《おも》っていたのだが、それがいきなりこんな意見を言うなんて……いったいどうしちゃったんだろうか。

「そうなのかな……」

とりあえず返事をしてみた。黙っていると、久美がさらに何を言い出すか――。

「だからさ、あたしがついていってあげるから、おばさん迎《むか》えに行《い》こう」

「ええっ」

もう何が何だかわからない。とにかく今日の久美は、どうかしているらしい。思わず顔をじっと見る。ふざけている表情《ひょうじょう》ではなかった。

「おばさんも、きっと待ってると思うの」

言われてみれば、そうかもしれないけど……出ていった以上は、なかなか帰る

きっかけはつかみにくいものなのかも。

「でも、それは親父が行くことなんじゃないかと思うけど……」

自信がないながらも、そう言ってみる。僕が行ったからって、役に立つんだろうか。

「それは……そうなんだけどさ……」

久美はうつむいた。何だか顔をしかめて——まさか……泣いてる!? そんなバカな。幼稚園の頃《ころ》ならまだしも、小学校に上がってからは久美の泣き顔なんてほとんど見たことがなかった。意地でも泣かない、負けず嫌いな女の子だったはずなのに——。

そんな久美の表情自体《じたい》、もしかして初めて見るものかもしれない、と僕は思った。少ないながらも、彼女が泣く理由はちゃんとあったのだ。たいていくやしかったり悲しかったりで、様子を見ていればだいたいわかるようなことだった。でも、これはわからない。どうして久美は泣いているんだろう。

「久美……何かあった？」

「何もない」

久美は顔を上《あ》げて、きっぱり言った。泣いてはいなかった。でも、悲しそうな顔をしていた。僕が、泣いている、と思ったこと自体も、わからなくなってきた。

「行かない？　おばさんのとこに」

提案《ていあん》というより、強制《きょうせい》のように久美は言う。

「いつ？」

「明日」

「明日!?」

そんな、急に――！

「……明日じゃなくてもいいけど」

久美は急に気弱な小声になった。そんな声は、聞いたことがなかった。明らかに久美は変だったけれども――多分、訊いても本当のことは答えてくれないんだろう。答えられないのかもしれない。何か隠していることなんて、これくらいの年になるとそんな珍しいことじゃない。僕だってそうだ。

「……わかった。いいよ。明日行《い》こう」

　予定があるわけじゃない。いつでも行けるけど、久美が明日行こうと言っているんだから、そうした方がいいんだろう。

「ほんと？」

　久美の顔に、笑みが浮かんだ。何だか久しぶりに見る、こんな顔。

「うん。明日、千野川《ちのがわ》の駅で待ち合わせをしよう」

待ち合わせの時間を二人で決める。母さんの実家まで、電車でけっこうかかる。午前中の、ラッシュアワーを少しはずした時間にした。母さんに連絡するかしないかは迷ったが、やめることにした。久美にも相談しなかったし、彼女も何も言わなかった。もしかしたらいないかもしれないが、それならそれでいいと思った。

「よかった――」

　久美は、そう言って、大きなため息をついた。何が「よかった」んだろうか。でも、それを問いただすことは、なぜかできなかった。

「じゃ、明日ね」

炎天下《えんてんか》を元気よく走って、久美は帰っていった。僕はしばらくそのまま、橋の上から川面《かわも》をながめていた。この間の久美のように。そうやって見《み》ていれば、少しは久美の気持ちがわかるかもしれないと思ったのかもしれないが——そんなこともなく、魚の数をちょっと数えただけだった。

そして、そのままぶたぶたの家《いえ》へ行った。


ぶたぶたは、予想どおりとうもろこしと枝豆に大喜びした。さっそくたっぷりお湯を沸《わ》かし、茹《ゆ》で始める。けっこう塩味をきかすのが好きみたいだ。

「ほんとにもらっていいの？　家族で食べればいいじゃない」

手渡した時にも言われたが、茹で上がった時にもぶたぶたは言った。さっきは笑ってごまかしたけど——。

「実は、うち今、俺と父さんだけなんだよ」

と、何となく言《い》ってしまう。

「そうなの？」

ぶたぶたはびっくりして目を見開いている——みたいに見える。

「母さんと弟が、母さんの実家に帰ってるんだ。父さんは帰ってきても寝るだけだし……ごはんも一緒に食べてないから、ぶたぶたにあげた方がいいと思って」

「何《なん》だ、そうだったのか。大変じゃないの」

今度は心配そうなしわが点と点の間に浮かぶ。

「いや、そんなんでもないよ。けっこう元気」

「お母さんから連絡は？」

「一応あるけど、父さんとしゃべってるとこは見たことない。ケータイか店に電話しているのかもしれないけど」

「ふーん……」

いつものデッキで、山盛《やまも》りのとうもろこしと枝豆を二人で食べた。本当はビールを飲みたいのかもしれないが、昼間は我慢しているらしい。僕に気をつかっているのかもしれないけど。なので、今日は普通に、冷たい麦茶だ。

ぶたぶたは、熱いとうもろこしをしっかりつかんで、あの手で一粒一粒器用《きよう》にもいで食べていた。僕は指先でつまむのが精一杯《せいいっぱい》。それでもむりやり何粒かもいで、口に入れる。ぷちっと熱くはじけた。枝豆は粒が大きくて、緑の香《かお》りがする。どっちもすごく甘い。さすがとれたて。とても新鮮《しんせん》だ。

「でね、このとうもろこしと枝豆をくれたのは、幼なじみで久美って子なんだけど――」

熱いのを我慢しながらしばらく黙って食べたのち、僕は話を再開《さいかい》した。

「今日、突然母《かあ》さんを迎えに行かないかって、言ってきたんだ」

「一郎くんのお母さんを？」

「そう。今までそういうことを言うような子じゃなかったんだけどね。何だか急に世話焼きみたいなこと言って」

「ふーん。どんな子なの、その久美ちゃんて」

改めて訊かれると答えに困る。

「普通の子だよ。運動も勉強もけっこうできる。女の子に人気があるなあ」

試合になると、黄色い歓声《かんせい》があがるっていうけど、ほんとだろうか。

「かわいい?」

「いや、だから普通の子だって」

ぶたぶたは、僕の顔をじっと見つめている。何を考えているのかわからなくて、思わず目をそらす。

「何か心境《しんきょう》の変化でもあったのかな」

枝豆の房《ふさ》を鼻の下につけて、きゅっと押すとするんと房がへこむ。豆をどこだかわからない口の中に滑《すべ》らせて、ぶたぶたが言う。

「さあね。女の子って、いきなり変《か》わるじゃん。そんなもんじゃないのかな」

適当なことを言ってみる。

「それで、お母さん迎えに行くの?」

「うん。久美に説得されたから。明日二人で行ってこようと思ってるんだけど」

「一郎くんはどうなの。やっぱ帰ってきてほしいんでしょう、お母さんに」

これも答えに詰まるような質問だった。帰ってきてほしいって……そんな不自由もしていないし、もう子供でもないんだから。

「——正直《しょうじき》言うとよくわかんないんだよ。何だか全然実感《じっかん》わかなくて。だって、僕がいくらいろいろ言《い》ったって、決めるのはやっぱり二人だと思うんだ。弟は小さいから、考えてやらなきゃならないだろうけど、僕がもうとやかく言《い》ったってしょうがないよ」

それは、ほとんど久美からの受け売りだと気づく。ちゃんと考えたことって、ほんとなかった。何だか恥《は》ずかしくなってくる。けどそれじゃあ、僕の答えは何なんだろう。帰ってきてほしい——というか、帰ってきた方がいいとは思うけど……。そっちの方が、いいに決《き》まっているけれども……。

「久美も、ずっとそんなこと言《い》ってたんだけどなあ……何で急にあんなこと言ったんだろう」

うまく気持ちがまとまらなくて、結局《けっきょく》ごまかしてしまう。

「何だろうねえ。単にケンカしてるのと、具体的に家出するのとはショックの度合いが違ったんじゃないの。久美ちゃんは、一郎くんのことが心配なんだと思うけど」

「心配？　あいつが？」

おせっかいなだけなんじゃないの？

「そうじゃなきゃ、一緒に行こうなんて言わないよ」

「そうかなあ。何で久美が僕のことを心配するの？」

「そりゃ幼なじみだからね。もしかして、幼なじみってだけじゃないかもしれないけど」

からかうようにぶたぶたは言う。僕の、とうもろこしをもいでいた手が止まる。

「……そんなことないよ」

急に声《こえ》が小《ちい》さくなって、自分でもびっくりする。

「あれ」

ぶたぶたが僕の顔をのぞきこんで、困ったような声を出した。

「そんなんじゃないと思うけどな」

今度ははっきり言えたけれど、どうも自信がない。

「今まで久美ちゃんと二人で出かけたことってある？」

ぶたぶたの質問に、また声の勢《いきお》いがなくなる。

「……ううん、ない」

友だち何人かとか、家族でだったらいくらでもあるけど。

「ふーん……」

ぶたぶたは鼻をぷにぷにしながら意味深《いみしん》にうなずいた。

僕は何だか急にどきどきしてきた。どうして久美は、突然あんな誘い方をしたんだろうか。

確かに様子がおかしかった。実は夏休み前から——今年に入ってからだろうか、それは気づいていた。友だちと一緒の時は特に何も変わりないが、たまに一人でいるところを見かけると、元気がないように見えたのだ。うつむいて歩いていたり、ため息をついたり。

だからと言って声をかけても、いつもと変わることなく明るい。でも、前みたいに気軽《きがる》に話せない雰囲気《ふんいき》が少しだけあったのは確かだ。訊いてみたこともあったけれども、何となくはぐらかされてしまって、それ以上突っ込むことはできなかった。僕の訊き方が下手だったんだろうか。

そんなことを思い出してきたら、何だか他にもいろいろなことが浮かんできて、だんだん僕は落ち着かなくなってきた。

久美は幼なじみで、ほとんど生まれた時から一緒にいるけれども、中学になってクラスが初めて別々になってから、昔みたいに話すことが少なくなっていた。だから、たまにしゃべるたびに、少しずつ変わってきているように感じているだけかもしれない。いつも長く伸ばして、後ろでしばっていた髪の毛を、今年になってばっさり切ったせいもあるだろう。みんな「男の子みたい」と言《い》っているし、僕もそう思うけれど――僕にとっては髪が長かった時だって、久美は男の子みたいだった。でも、その髪型になってから、うつむく久美を見る機会が増えた。長い首をかくんと曲げて、自分の足元を見ている時の久美は、男の子みたいな髪型でも、前よりずっと女の子に見えた。

それは、なぜなんだろう。

二人で出《で》かけることを考えたら、何だかだんだん緊張《きんちょう》してきた。バカみたいだ。腹が立ってきた。何で今からそんな……どきどきしなくちゃならないんだ。

「どうした？」

点目のどアップに、僕は顔を引いた。まさかっ、赤くなってやしないか。

「ぶたぶたが変なこと言うからっ」

へへへっとぶたぶたは笑って、頭をかいた。

「うーん、どうしよう……」

「そんなに悩まなくてもいいじゃない」

「そんなあ……」

僕のこわばった顔を見て、ぶたぶたは申《もう》し訳《わけ》なさそうなしわを目の上にこさえた。

「だって二人《ふたり》きりってそんなっ……まるでデートみたいじゃないか！」

「けど、目的はお母さんを迎《むか》えに行《い》くんでしょ」

「でも、かなり長い間、二人で電車に乗ってなきゃなんないんだよ」

母さんの実家は、神奈川県《かながわけん》の海沿《うみぞ》いにある小さな町だ。海なし県のここからは、いったん私鉄《してつ》で東京《とうきょう》の池袋《いけぶくろ》に出て、ＪＲで品川《しながわ》まで行って、そこでまた私鉄に乗り換え、さらに一時間くらいかかる。片道三時間のちょっとした小旅行だ。

「その間、絶対に会話に困ると思う」

「そんなことないよ。幼なじみなんだから、普通に会話すればいいじゃない」

「普通？　もう好きなテレビ番組も音楽の好みも違ってるみたいだし、趣味《しゅみ》は昔から合わなかったし、いつまでもうちの親のこと話してるわけにもいかないし

──」

驚《おどろ》いた。幼なじみと言《い》っても、いざ何を会話しようかと考えるとよくわからない。いや、でも話してたはずなのに──いろいろと。でも何を？　思い出せないほどささいなことばかりだったのか？

「絶対保《も》たない……」

情けないことに、僕はどうしたらいいのかわからなくなっていた。こんなんで母さんを迎えに行っていいんだろうか。自分が何をどう思っているのか、まったく把握《はあく》できなくなってしまった。何でだろう……。

「何だかもう、すっかりパニックみたいだねえ」

ぶたぶたは困ったようなため息をついた。

「どうしよう、ぶたぶた……」

「そうだなあ──」

ぶたぶたは、身体《からだ》中にしわを作《つく》って考《かんが》え込《こ》んでくれた。僕はその間、ただ待っているだけだった。本当は自分で考えなければいけないのに──いや、一応考えはした。何も浮かばなかったけど。

「誰かについていってもらったら？　友だちにでもさ。別に二人きりでって約束したわけじゃないんだし」

「あ、そうか！」

ぶたぶたの提案《ていあん》は、とても常識的《じょうしきてき》で珍《めずら》しいものでも何でもなかったが、その時の僕には素晴らしい名案に思えた。共通の友だちで、うちの事情を知っている奴もいるから、そいつに頼めばいい。おしゃべりな男だから、場を盛り上げてくれるだろう。それとも、女の子の方がいいかな。だとすると──。

「でも、僕としてはおすすめできないな」

ところがぶたぶたが、勢いをくじくようなことを言う。

「えー、どうして？」

「いや、何となく。せっかくだから、二人で行った方がいいと思《おも》うんだよね」

何《なん》だその「せっかくだから」って。人ごとだと思って。ま、人ごとなんだけど、文字どおり。ぶたぶたはぬいぐるみなんだもん――。

「ぶたぶた!!」

「うわっ、何？」

突然の大声に、ぶたぶたは本当に飛び上がった。枝豆の殻《から》が、床に落ちる。

「一緒についてきてよ！」

「は？」

「ぶたぶた、ぬいぐるみのふりをして、ついてきて」

いや、別にふりではないんだけど。そのものなんだけど。

今度はぶたぶたの方がわけがわからないという顔をしていたが――やがて落ち

着いた声で、こう言《い》った。

「いや……それは無理でしょ」

「何で？」

「一郎くんが僕を連れていって、何て説明するの？」

ぶたぶたの鋭い突っ込みに、僕は言葉を失った。

「うう……」

自分が女の子だったらいくらでも言い訳が浮かぶけれども、残念なことに僕は男だった。ぬいぐるみが似合う外見《がいけん》でもなし。僕がぶたぶたを抱いて現れたら、いくら古いつきあいの久美でも引《ひ》くだろう。

僕はしばらく、必死に考えた。ぶたぶたは、とうもろこしをもいで食べるのに飽《あ》きたのか、丸かじりを始めた。うさぎのようで、とてもかわいかった。歯に詰《つ》まったりはしなさそうだな。

いや、そんなことを考えているヒマはなかった。とにかくいっしょうけんめい頭をひねる。これはぶたぶたにまかせることはできなかった。こっちが頼む方なんだから。僕はとにかく考えに考え抜いて——ついにたった一つだけ、アイデアを思いついた。

「じゃあ、こうしよう」

麦茶を飲み干していたぶたぶたが、僕の方に向き直った。

「ぶたぶた。お願いだから、ただのぬいぐるみのふりをしてください」

ぶたぶたは首を傾《かし》げつつ、僕の次の言葉を待った。そうしていると、本当にただのぬいぐるみみたいだった。

3

次の日の朝、僕は一分前に、待ち合わせ場所へついた。駅前は、思ったよりも人が多かったけれども、ホームはもうガラガラだった。よかった。ラッシュは終わってる。僕はちょっとほっとした。座れれば、最悪「寝る」という逃げがあるからだ。

とりあえず、駅舎《えきしゃ》へ上がる短い階段に腰《こし》掛《か》ける。小さな駅だが、一応JRも通っている。全然逆の方面なので、利用することはできないけど。

久美はまだ来ていないようだった。これまた珍しい。久美は真面目なので、時間も厳守《げんしゅ》なのに——。

「一郎、こっちこっち」

久美の声がした。ぴったりだ。さすが久美、と思って振り向くと——。

「あっ！」

僕は大声をあげてしまった。

「スカートはいてる！」

「……何言ってんの。制服だってスカートでしょ？」

ものすごいいやな顔をして久美が言った。でも、制服のスカートとは全然違う。丈《たけ》は長いけど、薄《うす》くてひらひらしてるぅ。その上、ふわふわした水色のブラウスに、少しかかとの高い華奢《きゃしゃ》なサンダルなんか履《は》いて——どうかしたのか!?

「いつもの服着てこうと思ったら、ママがうるさくて、着替えたんだよ」

久美はちょっと顔を赤らめて言《い》った。見たことのない私服姿の久美は、ちょっと大人びて見えた。

「ちょっと切符《きっぷ》買ってくる」

ぶっきらぼうにそう言うと、久美は駅舎に入っていった。怒ったのかな——そう思いつつ、でも、これできっと機嫌《きげん》も直る、と僕はリュックの中からぶたぶた

3

を出した。

「かわいいじゃない、久美ちゃん」

いきなりそんなことを言うぶたぶた。僕はあわてて「しーっ」とたしなめる。

それにしても、大きな赤いリボンがよく似合う。どこをどう見てもアンティーク（古ぼけてるってだけだけど）のぬいぐるみだ。

「あれ？」

そこに久美が帰ってきた。僕がぬいぐるみを持っているから、びっくりしたらしい。ぴたっと立ち止まってしまう。

ぶたぶたは、とたんにだらりと手足を落とした。僕は、彼を久美に差し出す。

「あのさ……久美、もうすぐ誕生日だろ」

「え……？」

久美は目を見開く。

「このぬいぐるみ、あげるよ」

そう。怪《あや》しまれずにぶたぶたについてきてもらうためには、これしか思い浮かばなかった。久美に持ってもらえば、誰もおかしいとは思わない。だって、久美は一応女の子だし。

でも、あんな顔をするのも無理ない。彼女の誕生日は、八月三十日なのだ。けど、渡す口実《こうじつ》はこれしかない。何でもないのにプレゼントしたら、絶対に警戒《けいかい》されてしまう。ずいぶん早いけど、何とかもらってくれないか。

久美は、きょとんとしたままだ。手を伸ばしもしない。僕は、焦《あせ》ってきた。ぶたぶたも焦っているに違いない。こんなふうになるのを、昨日も予想していたんだから。

「久美に、誕生日のプレゼントとしてぶたぶたをあげるっていうのはどうだろう」

ずいぶん無茶《むちゃ》なことを頼んでいるのは重々《じゅうじゅう》承知していたし、プレゼントしたあとどうするのか、とか、バレた時どうするか、とか、まったく考えていなかった。

「うーん……それは……変なこと考えたね」

ぶたぶたはすごく困っているみたいだった。当たり前か。僕でも困る――と思って、急に気がつく。

「けどやっぱ、仕事があるよね……」

ここに来るまでそんなことを考《かんが》えていたはずなのに、僕はすっかり忘れていた。さらに無理なことを言《い》って、どうするんだ。

「いや、それは別にいいんだけど」

しかし、ぶたぶたはあっさりそう言う。「仕事があるからだめ」とひとこと言われたら、僕はあきらめるつもりだったのに。

「けどねえ、僕がついていっても、何も役に立てないと思うんだけど。結局は二人きりと同じだよ」

「そりゃ、友だちがついてくるよかね。でも、その方がいいって言ったじゃん。『せっかくだから』って」

「まあ、そうなんだけどねえ……」

自分の言ったことで、追いつめられるぶたぶた。まん丸になって、さらに困っている。

でも、本当に悪いのは自分だってわかってる。一人で行く勇気のない、情けない奴なのだ。

けどこのアイデアを思いついた時、僕の心にもう一つ別の感情が生まれていた。久美を、ぶたぶたに会わせてあげたい、と思ったのだ。今まで黙《だま》っていることはあまり苦ではなかったけれども、やはり誰かにぶたぶたを知ってほしいと思う時もある。たった一人、その誰かを選ぶとするならば、やっぱり久美がいいような気がするのだ。根拠《こんきょ》はないけど、今まで僕が変なことを言ったりやったりして、「バカねえ」と言《い》っても、本当にバカにしたことがなかったから、かなあ。

「いざとなったら正直に言えばいいよ」

「怒ってぶち壊しになるかもしれないよ」

確かにそうかもしれないが、でもぶたぶたに会えて怒ったままの人がいるとは思えない。久美なら多分、わかってくれるだろう。

「もっと問題があるけど」

「何？」

「『いらない』って言われたらどうするの？」

——そんなこと、もっと考えていなかった。

「あんまりきれいじゃないし」そう言わないまでも、気に入らなかったら？　気まずいよー」

僕とぶたぶたは、しばらくじっと見つめ合い、同時にため息をついた。

しかし、その問題もすぐに片づく。洗えばいいじゃないか！　風呂に入ればいいのだ。

ということで、その夜はぶたぶたにうちへ来てもらった。リュックの中に隠れれば、誰にも見つからないで行《い》ける。小さいって便利《べんり》だな。

「うわ、散《ち》らかってるね」

うちの中に入って、まずぶたぶたが言った言葉だ。

「そうかなあ」

「脱いだ洋服を洗濯機に入れとくだけでも、だいぶ違うと思うけど」

言われたとおりに脱ぎっぱなしの服を片づけたら、なるほど、あとは雑誌とか新聞ばかりになった。それを適当にまとめて、ようやく食卓に座ることができる。いつもはぶたぶたにもてなされる側だが、今日はもてなさなければ。といっても、ペットボトルのウーロン茶をコップに注《そそ》ぐくらいなのだが。

向かい合って、二人でウーロン茶を飲む。小峰山《こみねやま》の家よりも、もっとおかしな光景《こうけい》だった。この庶民的《しょみんてき》な建売《たてうり》住宅の一室でこうして食卓《しょくたく》をはさんでお茶を飲むだなんて。あの山ならば、起こっても不思議《ふしぎ》はないかもしれないが、エアコンの効いたここでこんなことしてるのは——実に似合わない。

「ぶたぶたの家って、どこにあるの？」

唐突《とうとつ》に僕はたずねた。

「東京だよ」

「へー。すごい」

感《かん》じたままを言《い》ってしまう。東京での一人暮らしは憧《あこが》れだ。大学は絶対《ぜったい》東京のにする、と決めていた。

「どんな家《いえ》？」

実際訊《き》きたかったのはこっちの方だ。

「このうちに似てるよ」

「えっ、そうなの？」

「マンションだけどね」

――もっとメルヘンチックな家を想像していたのに、マンションなんてますますかけ離《はな》れていく。

「さてと――今日は夕飯《ゆうはん》を作ってあげるから、手伝ってね」

「わーい、やったー」

久々にまともなごはんが食《た》べられそうだ。でも、冷蔵庫《れいぞうこ》の中を点検《てんけん》すると、食材《しょくざい》はほとんどなかった。

「でも、いろいろママに冷凍してあるね。お母さん、料理上手だったでしょ？」

冷蔵庫を見ただけでわかるのか、と僕は感心する。

「それでもちょっと足りないから、買い物に行ってきてくれる？」

ぶたぶたから渡されたメモを持って僕は、急いでスーパーへ向かった。

メモどおりに買い物をして、駆《か》け足で家に戻ってくると、居間《いま》で父さんが、ぶたぶたを点検するように抱き上げてながめていた。

「何してんの!?」

僕は思わず大声をあげてしまう。父さんはびっくりして、ぶたぶたを取り落とした。ころん、とただのぬいぐるみのように転がる。

「ああ、びっくりした……。それはこっちのセリフだよ」

「何で!?」

「台所で何してんだ？　そのまんまにして出かけたりして。玄関も開いてたぞ」

「え、だって——」

ぶたぶたはあおむけに倒れたまま、じっとしていた。そうか……そうだよな。ぶたぶたがいるなんて、父さんが思うわけない。きっと料理している最中《さいちゅう》に突《とっ》然《ぜん》父さんが帰ってきたから、とっさにこんなふうにしているんだ。

「それに、そのぬいぐるみはどうしたんだ？」

「え、そ、それは……ゲーセン。ゲーセンでとったんだよ」

「えー、そうなのかあ。それにしちゃ汚いなあ」

「あ、ずっと前《まえ》にとったものだから汚れて、洗おうと思ってさ——」

我《われ》ながらうまい言《い》い訳《わけ》がすらすら出た、と思ったが、父さんはますます変な顔をする。まあ、自分の服さえたまらなきゃ洗わないのに、単に汚れたってだけでぬいぐるみを洗うというのも説得力《せっとくりょく》ないか……。しかも、ずっと大切にしていたみたいな口振《くちぶ》りと、やりかけの料理——妙《みょう》な誤解《ごかい》をしなきゃいいけど。

「……まあ、いいや。出かける時は鍵《かぎ》かけるんだぞ。ガスの元栓《もとせん》も閉めろ」

「う、うん。ごめん」

父さんは隣《となり》の和室に入って、たんすの中をひとしきりかき回し始めた。

「ぶたぶた……ぶたぶた？」

声をかけても、ぶたぶたはなかなか起きあがろうとしなかった。まさか……落ちた時に頭を打ったとか？　人間くさいから、やっぱり怪我《けが》もするんだろうか。打ち所が悪くて、意識を失《うしな》っているのか!?

「ぶたぶた、どうしたの？　買い物行ってきたよ。ほら」

僕がスーパーの袋をガサガサ見せると、ようやく首をゆっくりとこっちに向ける。

「びっくりしたよ〜」

そう言って起きあがろうとした時、父さんが和室から戻ってきた。ぶたぶたは、再びただのぬいぐるみになる。

「じゃ、父さん店に戻るから」

「え、もう？」

「鍵《かぎ》取りに来《き》たんだよ。今日も遅くなるからな」

「夕飯食べてかない？」

とっさに言う。ぶたぶたの料理を父さんにも食べさせたかった。父さんにとっては僕の料理になるんだろうけど。

「いや、時間ないから。余ったら冷蔵庫にでも入れといてくれ。あとで食べる」

そう言《い》って、父さんは店に行ってしまった。

「あー、驚《おどろ》いた」

玄関が閉まる音を聞いて、ようやくぶたぶたが僕の足元《あしもと》にとことことやってくる。

「やっぱりとっさにふりをしたの？」

「そうそう。ガスを消すのが精一杯《せいいっぱい》だったよ。てっきり一郎《いちろう》くんかと思って、『おかえり』とか言ったの聞こえたかなあ」

「どうだろうね」

もしかして、母さんが帰ってきたと思ったのかもしれない。僕が父さんだったら、きっとそう思う。

「買い物ごくろうさま。お父さんの分は、別メニューにしよう」

ぶたぶたはそう言《い》いながら、台所へ戻っていった。

手伝っていたら、夕食はすぐにできた。温かいごはんとできたてのおかず、インスタントでないみそ汁なんて、何日ぶりだろう。ぶたぶたとの昼食は簡単な麺《めん》類《るい》が多いから、こういうちゃんとした食事は作ってもらったことがなかった。

メインのおかずは、山盛りのしょうが焼きだ。豚肉の。う〜ん……共食いになるのかな、これって。

「この料理は何？」

「肉みそかけカボチャ。ひき肉としょうがとネギと——時間なかったから、なんちゃって肉みそなんだけど」

カボチャの甘みとピリッとした肉みそがよく合って、しょうが焼き同様、ごはんが進む。

「野菜も食べなさい」

馬が食べるんじゃないんだから、という量のサラダだったが、どんどん入っていく。

「おいしいなあ」

そんな言葉が、素直《すなお》に口から出てくる。母さんのももちろんおいしいけど、ぶたぶたはプロ並だ。おかわりが止まらない。

「あれ、父さんの分は?」

炊飯器の中が空っぽなのに気づいて僕は焦る。

「大丈夫。さっきおにぎり作っといたし、そうめんも茹《ゆ》でといたから。そうめんに肉みそとかをのせて食べてって、メモ書いておけばいいよ」

ぶたぶたは、そうめん、肉みそ、切ったきゅうりとシソが入ったタッパーを重ね、その上に僕が書いたメモを置いて、冷蔵庫に入れた。肉みそは温めてもいいって。これも何だかおいしそうだなあ。父さん、食べてくれるといいけど——。

後片づけもしたので、さああとは風呂入って寝るだけだ、と思っていると、

「一つ気になることがあるんだけど」

とぶたぶたが言う。

「何?」

まだ何か用意するものがあったかかな。

「久美ちゃんへバースデープレゼントはないの？」

「え？　それはぶたぶたが――」

「違うよ。本物のだよ」

……考えてなかった、そんなこと。

「結局、バレたらほんとのこと言うんでしょ？　そしたら、あげたものを返せって言うようなものじゃない。せっかくの誕生日なんだから、本物のプレゼントも用意しとけば？」

「うーん……」

今度は僕が考え込む番だった。そうだよな。そういうことならあげなきゃ。でも、何をあげたらいいんだ？　久美は、何が好きだったっけ。何に喜んだっけ。ゲームとかじゃだめかな。うちにある奴でいいだろうか――。

「予算はいくらぐらいまで出《だ》せそう？」

うんうんうなっている僕を見かねたのか、ぶたぶたが助け船を出してくれる。

「え、お金はけっこうあるよ。一応店手伝えばバイト代もらえるから。五千円くらいなら余裕」

「それならいろいろ選択肢《せんたくし》はあるよ」

「でもさ、どこに買いに行くの？」

「県道沿いに、けっこう遅くまでやってる家電《かでん》の量販店《りょうはんてん》がなかった？　あそこ、家電だけじゃなくて、いろいろなもの売ってるじゃない」

確かにデパートみたいな店だ。パソコンからカー用品から羽毛布団《うもうふとん》まで、あそこに行けばたいていのものは手に入る。しかも安い。

「車出してあげるから、行《い》ってこようよ」

僕は時計を見た。もう九時を回っている。自転車《じてんしゃ》であの家まで三十分。そこから車で行ったら、だいたい二十分くらい――閉店は、十時だったはず。間に合わないかも。でも、そこに行くしかない。他の店は、もうみんな閉まっている。

「車で行くと、余計《よけい》に時間がかかるよ。自転車で行こう」

だいたい四十分もあれば着《つ》くはずだ。

「ええっ、県道はトラックがびゅんびゅん通ってて危ないよ」

「そんなの普通だよ。小学生の頃から通ってるんだから」

夜はちょっと怖《こわ》いけど、もう迷っているヒマはなかった。ぶたぶたにまたリュックに入ってもらって、自転車を猛《もう》スピードで走らせる。

夜の県道は、荷物を運ぶトラックががんがん飛ばしているので、あおられたりものすごい勢《いきお》いでパッシングされたりして、実はとても危険なのだ。小さな自転車なんか、一度ひっかけられたらおしまいなんだから。けど、こっちを通らないと、閉店までに行くことができない。裏道もあるけど、それは遠回りなのだ。

ようやく昼間のように明るい派手《はで》なネオンが見えてきたのは、閉店五分前だった。店の中にはほとんど客がいなかったが、とにかく着いた。よかった。車を取りに行っていたら、多分間に合わなかった。

けど、問題がもう一つ。

「何買うか決めてなかったよ……」

ぶたぶたが、リュックから顔を出した。

「何でもいいから。久美ちゃんのこと考えながら、店の中を見渡してごらん。目についたものを、買っていこうよ」

何でもいいって……そんな大ざっぱな。それでも僕は、目をこらして店の中を見た。ここは一階だ。二階には布団とか家電、生活雑貨などが売っている。そっちには行かなくてもいいかもしれない。布団や掃除機をプレゼントするわけじゃないし。どうしても見つからなかった時だけ行こう。

一階にはゲームやＤＶＤ、花や時計、薬なんかが売っていた。そうだ。やっぱり、新作ゲームでもあげようかな——。

「久美ちゃんは、女の子なんでしょ？」

まるで僕の内心《ないしん》を読んだように、ぶたぶたが言う。そうか。女の子か。

僕はもう一度、店内を見渡し、もう片づけ始めている売場に近寄《ちかよ》っていった。肩にぬいぐるみを乗せている男の子が突然現れて、売場の女の人はぎょっとしていた。

僕たちはもう、気にしているひまがなかったので、あれこれと話しながら、買うものを決めた。つまり、ぬいぐるみが僕の肩の上で鼻をもくもくさせると、おじさんの声がする。女の人は、唖然《あぜん》としていたけれども、多分腹話術《ふくわじゅつ》なんだろうな、という顔をしていた。でも、一度だけ僕とぶたぶたの声がかぶった。二人で同時に話していたのだ。その時は、僕の喉《のど》のあたりを必死に見《み》つめていた。どうやって発声しているんだろう、とでも思っていたのか。

きれいに包装《ほうそう》してもらい、リボンをかけてもらった時には、閉店時間をかなり過ぎていた。僕たちが、最後の客だった。

帰りは遠回りの裏道を通った。県道ほど街灯《がいとう》はないが、月の光があれば田んぼに反射して、けっこう明るい。目が慣れれば、何てこともないし。

「のどかだねえ」

ぶたぶたが楽しそうにつぶやく。ホタルも飛んでいた。少なくなったけど、まだまだ見られる。けど、こうしてホタルをながめるなんて、しばらくしてなかったな。僕は、自転車の速度を落とした。二人で、月と星とホタルの光と、カエルの大合唱《だいがっしょう》を一身《いっしん》に浴《あ》びる。

そんなふうにのんびりと帰宅をすると、何と珍《めずら》しいことに、父さんが帰っていた。でも、もう冷蔵庫の中の肉みそもそうめんもおにぎりもたいらげ、寝てしまっていた。すれ違いだ。料理がどうだったかもいつ聞けるか。きっと明日の朝は、早くに出かけてしまうだろう。この分では、明日三崎《みさき》へ行くことは話せそうになかった。いや、そもそも話す気なんかあったんだろうか。ちゃんと顔を合《あ》わせても、僕は言えないだろうし、言わない方がいいような気もする。父さんを避《さ》けていたのは、自分の方かもしれない。

父さんの寝息《ねいき》を聞きながら、僕はそんなことを思う。何となく、「ごめん」と謝《あやま》りたい気分だった。

それから、ようやく風呂に入って、かなり乱暴《らんぼう》にぶたぶたを洗った。せっけんを泡立《あわだ》てて、スポンジを洗うみたいにしたのだが、全然平気《へいき》で、むしろ気持ちよさそうだった。どうもマッサージとか好きらしい。

「ひゃー、久々《ひさびさ》に湯船《ゆぶね》につかったー」

そんなオヤジのようなことまで言っていた。家にいれば、普通に風呂に入ると聞いて、かなりびっくりする。出たあとも、バスタオルにすっぽりくるまってそこらをぐるんぐるん転がり、水気を吸い取っていた。ドライヤーも使う。

すっかり乾燥すると、ぶたぶたはふわふわの手触《てざわ》りになった。ちょっと毛並《けな》みが毛羽立《けばだ》ってしまって、さすがに新品には見えなかったけれども、これはこれでかわいい。何というか——風情《ふぜい》があるって感じ？　アンティークの中でも、ヴィンテージものと言《い》ってもいいかもしれない。

「お世辞《せじ》はいいよ。古いってことでしょ？」

とぶたぶたは言うが、本当はそれよりももっともっとすごいのだ。だってしゃべるんだから。生《い》きているぬいぐるみなんて、世界に二つとない。そう説明できれば、久美も納得するだろうけど……。

きょとんとしていた久美は、徐々《じょじょ》にうれしそうな顔になって手を伸ばした。

「かわいい——」

ぶたぶたを抱き上げると、しげしげとながめて、子供のように笑った。

「いい顔《かお》してるね、このぬいぐるみ」

「そう？　ちょっと古いものなんだけど……」

ごめん、ぶたぶた、と心の中でつけ加える。

「アンティークものなの？　へえー、一郎がそんなプレゼントを選ぶなんて思わなかったよ」

「……気に入った？」

「うん。ほんとかわいい。けっこういい趣味《しゅみ》してるじゃん」

よかった。ひと安心。久美の部屋のぬいぐるみは確かクマが多かったけれども、ぶたもOKだったか。

「でも、ちょっと重い……」

ぶたぶたは背中に小さな黄色いリュックを背負《せお》っていた。その中には——実はぶたぶたの携帯電話と財布が入っていたりする。昨日買った本物のプレゼントも。

開けて見られたらどうしよう……。

「このリュック、何か入ってるの？」

「いや！　そこはあとのお楽しみで！」

僕はあわてて大声をあげてしまう。久美もぶたぶたもびっくりしたような顔をする。

「そう？　何かあるんだね？」

久美は面白《おもしろ》そうに笑った。

「じゃあ、ここに入れとこっと」

久美は、肩にかけていたトートバッグにぶたぶたを入れた。浅めのトートのふちから、ちょうど顔と手がぴょこんと出て、すごくかわいい。それに、これなら久美の後ろに回れば、ぶたぶたと話すことができる。これはうれしい誤算《ごさん》だった。

「一郎からプレゼントもらうなんて、何年ぶりだろうね」

そういえば、こうやって何かを用意するなんて、初めてかもしれない。小《ちい》さい頃《ころ》は、プレゼント交換《こうかん》というより、物々《ぶつぶつ》交換って感じだった。持っているものの中で、お互《たが》いに欲しいものをあげっこするくらいだったように思う。それも、いつからしなくなったのか——小学校の高学年になってから、恥ずかしくなってきて何となくしなくなったように思う。

「今年は期待《きたい》してるからな」

そう照《て》れ隠《かく》しに言うと、久美は笑った。

「うん、わかった」

僕の誕生日は、十月だ。約二ケ月、久美の方が年上。

ぶたぶたは、久美がよそ見をしているのをいいことに、何やらごそごそと足場を固めているようだった。けっこう大胆《だいたん》な奴。僕の方が見ていて冷や冷やしてしまう。

僕も切符を買って、改札をくぐる。ホームにはほとんど人がいなかった。日陰《ひかげ》のベンチがガラガラなくらい。

「何時かなあ」

久美は時刻表《じこくひょう》を見に行った。ベンチにバッグを置いていったので、ぶたぶたに話しかける。

「話しやすいよね」

じっと前を見《み》ていたぶたぶたが、くるっと振り向く。

「何、久美ちゃんと？」

「違うよ、ぶたぶたと」

「僕と話しやすくてどうすんの」

「そうなんだけどさあ――」

　久美が戻ってきたので、あわてて姿勢《しせい》を正す。

「あと五分で急行《きゅうこう》が来るよ」

「あ、うん」

「いい天気でよかったけど、今日も暑《あつ》くなるんだって」

「だろうな」

「神奈川は、ここよりもっと暑いみたいだよ」

「そうか」

　うわ、よくよく聞けば何だかぎこちない会話だ。早く電車来てくれないかなあ。

　ぶたぶたをちらりと見ると、何だか焦《じ》れているような顔で僕を見ていた。でも、こんなもんなのだ、久美との会話って。黙っていても、今までそんなこと気にしなかったのに――。

「菅野《かんの》ー！」

ふいにだみ声があたりに響《ひび》き渡る。

「菅野ー、こっちこっち！」

え、と立ち上がると、線路脇の道路から高校生がこっちに向かって手を振っているのが見えた。今年卒業して、駅のすぐ裏にある高校に進学した野球部の先輩《せんぱい》たちだった。

「デートかあ⁉」

「やるじゃーん、がんばれよー！」

先輩たちは、僕が反論《はんろん》するすきも与えず、素早く高校の門に駆《か》け込んでいってしまった。あわてて振り返り久美を見ると、何だかむっと口をつぐんで電車がやってくる方角《ほうがく》を見つめていた。ぶたぶたが、ぽんぽんと僕の腕を叩《たた》いた。「まあ、あんまり意識せずに」と言っているみたいだった。

4

電車はとても空《す》いていた。きんきんに冷えた車内で、ほっとひと息つく。

さっきのひやかしのせいで、何だかもっとぎくしゃくしてしまったようだった。何とかしなければ、と思うが、なかなかきっかけがつかめない。こんな時のためにぶたぶたに来てもらったのに、彼は今、ただのぬいぐるみでしかないから、何か言ったり行動したりすることもできない。言《い》われたとおりになったなあ……二人きりと変わらないって。

「このぬいぐるみって、どうしたの？」

結局沈黙《ちんもく》をやぶったのは久美の方だった。でも、僕はうろたえてしまう。そんなこと、考えてなかった。プレゼント買ったり、風呂でぶたぶたを洗うのでいっぱいいっぱいだったのだ。

「ええと……もらったんだよ。母さんに」

昨日父さんに言ったような出まかせでごまかしてみる。ぶたぶたも「すっかり忘れていた」という顔をしていた。

「じゃあ、おばさんがずっと大切にしてたもの？」

「うん。そうだって」

何だか心が痛《いた》む……。バカだ、俺って。何をこんな嘘《うそ》ついてるんだろう。

「そんなの、あたしがもらってもいいの？」

「い、いいんだよ、別に」

久美はバッグからぶたぶたを取りだし、じっと見つめた。穴があくかと思うくらい。ぶたぶたも緊張《きんちょう》しているのだろうか。ふるふると小刻《こきざ》みに震《ふる》えているように見えるのは、電車の振動《しんどう》のせい？

「一郎……何か嘘言ってない？」

「ええっ、そんなことないよっ」

あわてて否定をするが、早すぎただろうか。

「ほんと？」

久美は今度は僕を真っ正面から見た。一瞬《いっしゅん》、ぶたぶたのことを話してしまおうかと思った。久美に対する嘘は、それだけだから。確かに僕は、久美をだましているようなものだ。ぶたぶたは僕のものでも母さんのものでもなく、久美へのプレゼントでもない。そんな嘘、どうしてついたんだろう。つかなくてもいい嘘を、久美についたのはなぜだろう。

僕は、やっぱり自分がよくわからなかった。だから、

「ほんとだよ」

とまた嘘をつく。

「そう。ならいいよ。けど、このぬいぐるみは、おばさんから改めてもらうことにする」

「ええっ!?」

そんなこと言われるとは思わなかった。僕も、そしてぶたぶたも（耳だけ）す

ごく驚《おどろ》く。

「だって、古いけど、すごく大切にされてるみたいなんだもん。一応おばさんに挨拶《あいさつ》しないといけないかなって」

僕は何にも言えなかった。もう、どうやってごまかそう……。ぶたぶたも、そっとため息をついていた。

「ねえ。おばさんの実家ってどんなところにあるの？」

久美は突然話題《わだい》を変える。

「海のある町だよ」

「泳《およ》げるの？」

「泳げることは泳げるけど、海水浴場とかは隣の駅の方が近い。基本的には漁港なんだ」

「ふーん。名物とかあるの？」

「マグロで有名だよ」

ぶたぶたが黙って目を輝《かがや》かせ聞き入っている。マグロを食べさせてあげたい。

お礼にぜひ。

「やっぱり、生まれたところって特別なのかな」

久美の話題は、あちこちに飛ぶようだった。

「……そりゃそうなんじゃない？」

「一郎も特別だと思う？」

「そりゃあね」

「どうしてそう思うの？」

久美は、何だかやっぱり変だった。こんなことを急にたずねるなんて——しかも、そんな真剣《しんけん》な顔で。

特別な場所って、生まれたところだからだろうか。ただ生まれただけじゃ、特別にならないのかもしれない。いったい何があるからなんだろう……。思い出？　親？　友だち？

でも、思い出はどこででもできるし、親はいつまでたったって親だし、友だちだって——。

そんなことを思っても、僕はなかなか口に出して言えなかった。結局何もわからないから、会話がどこへ行くのかさっぱり見えない。宙《ちゅう》ぶらりんになって、途《と》切《ぎ》れるのが怖《こわ》かった。かっちりと言えないのもかっこ悪いような気がして、つい口をつぐんでしまう。

悪いくせだと思う。口下手《くちべた》っていうのはこういうことなんだろう。久美は不満《ふまん》そうな顔をしていた。何か言って失敗するのと、言わないで気まずくなるのとでは、どっちがいいんだろうか。

そのままその話は曖昧《あいまい》に終わり、そのあとは他愛《たわい》ない話ばかりをした。心配したほど話が途《と》切《ぎ》れることもなく、ほんとに何でもない話ばかりだったが、僕たちは静かにたくさんしゃべった。二人の興味のあること、趣味や友だちのことは、もうだいぶ離れてしまったようには感じたが、お互いの話を聞くのは楽しかった。幼なじみなのに、知らないことがたくさんあるということを初めて知ったような気がした。

ぶたぶたはというと、何と居眠《いねむ》りをしていた。バッグの中でこっくりこっくりしていて、こっちがハラハラする。電車が池袋《いけぶくろ》に着いた時など、伸びまでしていたくらいだ。

電車を降りると、むっとする熱気《ねっき》が僕たちを包《つつ》んだ。夏の暑さだけじゃない。人の熱が押し寄せてくる。夏の都会と小峰山では、どれくらい温度差があるんだろうか。

駅の地下街には冷房が入っているが、外よりはいくらかまし、という程度だった。人がたくさんいすぎて、追いつかない感じだ。

それでも、その人混《ひとご》みのおかげで、僕は名案《めいあん》を思いついた。

「久美、バッグ持ってやるよ」

「えっ⁉」

何て顔して驚くんだろう。無理もないか。絶対に女の子のバッグなんて持たないタイプだって思ってただろうし、自分だってそう思ってるから。

「重たくないからいいよ」

「いいっていいって。持ってやるよ」

僕は半《なか》ばむりやり久美のバッグを奪《うば》い、肩にかけた。ぶたぶたがわざわざ前に来るように。久美は怪《あや》しげに僕を見《み》ていたが、やがて先に立って歩き出した。

「考えたね」

ぶたぶたが前を向いたまま言う。

「だろ？」

こうすれば、ぶたぶたとしゃべるのが楽《らく》になる。

「けど、これじゃほんとにカップルみたいだね」

確かに、彼女のバッグを持ってあげている男がけっこういるから、こうしようって僕も思ったんだけど。でも、あんなティッシュしか入ってなさそうな薄っぺらいバッグ持ってやって、何か得はあるんだろうか。あるんだろうから、持ってるのかもしれないが。いや、無償《むしょう》の行為だとしても、あんなに軽いんじゃあ、ありがたみなんて感じてくれないんじゃないのか？

「それとはちょっと違うよ」

「でも、見た目はそうだよ」

そう言《い》われると、反論できない。僕だって、他のカップルを見た目（主《おも》にバッグの大きさ）だけで判断《はんだん》している。

「いや、まあ……別にそれでもいいんだけど」

久美は僕らの会話に気づかない。

「どうしたの？　何か心境《しんきょう》の変化があった？」

「……そんな心配したほどじゃなかったなって」

「ほらね。帰ろうか、僕」

「それは……まずいよね？」

成《な》り行《ゆ》き上《じょう》、母さんの実家《じっか》まで行ってもらうことになるんだろうか。申し訳ないけど。

「山手線《やまのてせん》に乗《の》るんだよね？」

いきなり久美が振り向いたので、二人とも口をつぐむ。

「そ、そう。品川《しながわ》まで行くんだよ」

「ねえ、おみやげを買ってこうよ」

「えー、今？」

「うん。品川ってよく知らないから、買い物はここの方がわかるもん。一郎はおばあちゃんちだからいいだろうけど、あたしはやっぱ買ってかないといけないと思って」

そう言って久美は、デパートの地下食品売場へ入っていった。ぶたぶたはうんうんとうなずく。

「気《き》も配《くば》れて、とてもいい子だね」

でも売場は広大《こうだい》なので、あちこちを見て回るだけでも時間がかかる。久美は、おみやげをなかなか決められなかった。

「和菓子とかでいいと思うけど。ばあちゃんが好きだし」

「ああでも、迷う～……」

あれもこれも、と目移《めうつ》りするさまには、ちょっとあっけに取られる。自分のものじゃないんだし、適当に決めればいいのに。

「女性の買い物って感じだよね」

ぶたぶたが同意を求めるように言うが、僕は首を傾《かし》げるばかりだ。そんな僕を見て、ぶたぶたはくすくす笑う。うう、何で笑われるんだろう。それもわからない。

「お腹《なか》は空《す》いた？」

ぶたぶたが突然そんなことを言った。時計を見ると、もうお昼近かった。時間からすると、けっこう空いている。

「お昼はここで食べてくの？」

「その方がよくないかな。早めに店に入れば空いてるし。品川って店よく知らないからさ、ここだと安くておすすめのとこ教えてあげられるし」

「でもぶたぶた。ぶたぶたはどうやって食べるの？」

うっ、と変な唸《うな》り声《ごえ》が上がった。

「そうか、そういう問題があった……」

久美の前では、食事をとることができない。ぶたぶたは、がっくりと頭《こうべ》を垂れる。その時、くるりと久美が振り向いた。あわてて僕は、身体《からだ》をねじって、ぶたぶたを隠す。

「どうしたの?」

不自然な格好《かっこう》をしている僕を見て、久美は首を傾《かし》げる。

「いや、何でもない」

「財布《さいふ》出すから、バッグ貸して」

ようやく決まったらしい。僕はトートを渡した。久美は、和菓子の詰め合わせを買う。小さな花の形をしている生菓子《なまがし》だった。青い色で、とても涼《すず》しげだ。

「待たせてごめんね。じゃあ、行こうか」

再び地下街に出《で》る。うん、こうやって比較《ひかく》すると、デパートの中の方が涼しかった。

「あのさあ、お昼も食べてかない?」

「うん、いいよ。お腹空いてるし。朝、食べてこなかったんだ」

僕の提案《ていあん》に、久美は即座《そくざ》に答えた。

「へー、珍しい。いつもしっかり食べろって人には言うくせに」

「う、うん。寝坊《ねぼう》しちゃって」

久美は、ばつが悪そうに笑った。ほんと、珍しい。寝坊なんてしたら、それだけで機嫌が悪くなるような子だったのに。人にも自分にも厳しいタイプなのだ。そう。バッグなんて持ってもらわなくてもいいって言うような――。

「バッグいいや。自分で持つ。そのかわり、こっち持って」

「え？」

突然久美は、今買ったばかりの和菓子が入ったビニール袋を差し出した。考えていたとおりになってしまった。断る理由が思いつかず、そのまま持つしかなかったが、久美はぶたぶたを後ろ向きにしてバッグを腕にかけたので、少しほっとする。距離《きょり》はあるけど、見《み》えるだけいい。

「どこに行くの？」

身を屈《かが》めてそっとたずねる。よかった。周《まわ》りがうるさくて。

「ファーストフードだけど、おいしいとこ知ってるから」

自分が食べられないことに落胆《らくたん》をしているようだったが、ぶたぶたはお店の場所を教えてくれた。駅から少し離れているけど、店舗《てんぽ》が少なくて、けっこう珍しい店らしい。

外に出ると、暑さよりも、刺《さ》すような日射《ひざ》しに滅入《めい》った。さえぎる木もないし、日陰もジメジメしていて生暖かい。東京は憧れの街だけど、夏だけは好きになれそうになかった。空も同じように見えて、どこか違う。都会は夕立《ゆうだち》が少ないっていうけど、それと関係あるんだろうか。

だらだらと汗が流れる。でも、前を歩く久美は涼しげだった。服装のせいかもしれない。ぶたぶたも汗をかくわけじゃないから、いわゆる「涼しい顔」ってやつをしている。

後ろから見る久美とぶたぶたは、何《なん》だかかわいいというか、微笑《ほほえ》ましい光景《こうけい》だった。久美が前を向いているので、ぶたぶたはきょろきょろしたり、空を見上げたりしている。通行人がそれをたまたま目にし、驚《おどろ》いているのがわかって、ちょっとおかしかった。わかっててやっているような気がする。

ところがその時——突然ぶたぶたがぎょっとしたような顔になった。そのまま、固まってしまったように見える。じっと一点を見据《みす》えていた。

何だろう――ぶたぶたの視線を追って振り向くと、一人の男性がじっとこっちを見ているのがわかった。父さんと同じかちょっと下くらいの男の人だ。スーツを着て、大きな書類袋を抱《かか》えている。ぶたぶたと同じような顔をして、こっちを見つめていた。ぶたぶたと僕と、久美の後ろ姿を見比《みくら》べて、視線をぶたぶたにぴったり止める。

「誰?」

ぶたぶたに訊いても、首を振るだけで答えてくれない。しばらく立ち止まったままだったその男は、意を決したようにこっちへ近づいてきた。ぶたぶたは、今さら遅いのに、バッグの中に隠れようとする。当然バッグはぐらぐらと揺れた。

久美が気づいて、振り向こうとする。僕はとっさに叫《さけ》んだ。

「逃げろ!」

「え、えっ、何!?」

いきなりの大声に、久美はすっかりあわててしまう。

「いいから！」

走り出したと同時に、信号が青に変わった。僕は久美の手首をつかんで人混みの中に飛び込んでいく。後ろを見ると、男もあわてて走り出していた。

「何なの、一郎⁉」

久美が叫ぶが、かまわず走る。思わず走ってしまったけど――よかったのかよくなかったのかは、自分では判断できない。ぶたぶたも隠れたし、何だかすごい顔で近寄ってきたから、逃げた方がよさそうだ、と思ったのだ。

しばらくして後ろを振り返ると、もう男の姿は見えなかった。僕が止まると、久美も息を切らして立ち止まった。うわ、すごく熱い……。僕たちは、木陰《こかげ》を探して逃げ込んだ。植え込みのふちに座って、少し息を整《ととの》える。

「どうしたの、いったい……」

やがて久美が当然の質問をした。

「いやそのぉ……」

どうごまかせばいいのか。もうネタは尽《つ》きてしまった。こんな早く、正直に言

わなければならないんだろうか。

「なんか、変だよ、一郎」

久美が口をとがらせてそう言った。けどそれは……久美だってそうだ。

「変だよ、一郎。変だよ」

久美は、ぷいっと顔をそむけて何度もつぶやいた。そしてふいに立ち上がり、そのまますたすたと歩き出してしまう。

「ちょっと待てよ、久美ー……」

あわてて久美のあとを追った。ここはどこだろう。目印の大きなビルも、たくさんの小さなビルにさえぎられて見えないし、周《まわ》りを見渡しても、心当たりのある場所はない。少し走っただけで、どこにいるのかわからなくなってしまった。久美も多分そうだ。でも彼女は、まっすぐ迷いもなさそうに歩いている。巧《たく》みに人を避け、速度をゆるめようとしない。振り向きもしない。僕は人にぶつかったりしながら、久美のあとをついていく。

ぶたぶたが、バッグの中で手を合わせていた。謝《あやま》っているらしい。別にぶたぶたは悪くない。もうすべてはみんな、自分が悪い。そうだ。わけのわかんないことをむりやり頼んだ僕が悪い。何だか僕は、自分にめちゃくちゃ腹が立ってきた。

赤に変わった信号をぎりぎりで渡った久美を追いかけようとしたが、車は容赦《ようしゃ》なく交差点になだれこんでくる。向こう側から、久美が振り向いて、こっちを見《み》ていた。たくさんの人の中の久美の顔が、一瞬《いっしゅん》泣いているように見えた。泣いていなくても——どうしてそんな、誰よりも悲しそうな顔をしているんだ？

「あっ！」

その時、久美の後ろの人混みに、さっきの男の顔が見えた。人をかきわけ、少しずつ久美に近寄ろうとしている。

「久美！　後ろ！」

叫んでも、久美には聞こえないようだった。彼女も何か言ったが、聞こえない。すぐそばまでやってきた男の手が、久美に伸びた。何で⁉　どうして久美に⁉

まだ信号が赤だったが、僕は交差点に飛び出した。久美は声をあげて、少し前に出た。男の手が久美の肩をかすめる。その気配に振り向き、彼女は小さく悲鳴をあげた。運転手に怒鳴《どな》られながら僕は道を渡り、久美の手をつかんで、元来《もと》た道に引き返す。信号はようやく青になった。

「あっ、ちょっと待って！」

きっとあの男の声だ。待ってられるか！

「何なの、あの男の人……!?」

久美が怯《おび》えた声で言う。

「わかんないけど、もうこのまま電車に乗るから！」

と言《い》ってから、はたと思う。駅はどこ？

「右右、右斜めに入って！」

どこかから声が聞こえた。

「えっ、何、右って言ってる……」

久美は動転しているのか、その声が自分のバッグから聞こえていることに気づいていなかった。

ぶたぶたの案内で、僕たちは迷わず駅に着き、山手線に乗ることができた。電車の中に、あの男の気配《けはい》はなかった。

僕は、ぶたぶたにいろいろ訊いてみたかったけれども、そういうわけにもいかない。満員《まんいん》というほどではないが電車は混み合っていたから、久美だけでなく周りの人をごまかしてしゃべるというのは難《むずか》しそうだった。

「お腹空いた……」

久美が気の抜けた声を出した。走ったせいで、僕もかなりお腹が空いていた。品川についたら、何か食べないと死んでしまう……。

久美は、僕に何か訊きたそうな顔をして、じっと見上げていた。しかし、混んだ車内を意識してか、何も訊いてこようとしなかった。

恵比寿《えびす》駅で目の前の席が空《あ》いて、僕たちは座ることができたが、久美はすぐに居眠《いねむ》りを始めてしまった。何だか疲れているようだった。朝も食べてないって言ってたのに、むりやり走らせて悪かったな。

「あの人、誰なの？」

僕は身をかがめ、ひそひそ声で、ぶたぶたにたずねた。バッグは久美の膝《ひざ》の上に置かれている。ぶたぶたは、気づかれない程度に首を伸ばし、顔を僕の方に向ける。

「え、あれはねえ……うーん、仕事関係の人なんだけど……」

ぶたぶたの答えは歯切《はぎ》れが悪い。

「仕事関係の人？」

そういえば、ぶたぶたの仕事がいったい何かはわかっていないんだった。学者だと思ってはいるのだが。でも、そうだとしたらおかしい。

「そんな追われるような仕事をしてるの？」

「まあ、そうともそうじゃないとも……」

「もしかして、ものすごい秘密の研究とかしてるんじゃないの？　たとえば国家《こっか》的《てき》な機密《きみつ》だとか、NASAなんかの研究員とか――」

そこまで言って、はっと気づく。

「あっ、まさかぶたぶた自体《じたい》がその機密!?」

　そうだ……それならつじつまが合《あ》う。きっとどこか遠くの研究所で生まれたスーパーぬいぐるみなのだが、幽閉《ゆうへい》生活に嫌気《いやけ》がさし、脱走《だっそう》をしたのだ。そうだ、そうに決まってる！　あの男の人は、ぶたぶたを連れ戻しに来たエージェントなのだ！

「――よくそんないろんなこと考えられるね」

　ぶたぶたはまたくすくすと笑う。

「そんなわけないよ。何にも研究してないし、あの人とはちょっと会いにくかっただけ」

「何だ、がっかり。その方が楽しいのに」

「そんな国家機密な上に逃亡してる身で、こんなことできると思う？　リボンつけて、女の子のバッグに入ってるなんて」

　……それは、確かにできそうにない。あまりにも危険《きけん》だ。断ろうと思えば断れることなのに。

「まあ、説明がややこしいなあ、とも思って。久美ちゃんにばれても困るでしよ?」

そこまで聞いて、僕ははたと思う。

「……もしかして、逃げなくてもよかった?」

しばらくぶたぶたは考えてから、

「よかったかも」

と言う。ああ……僕の早とちりだったのか。

「怪《あや》しい奴かと思ったんだけど」

「怪しいと言えば怪しいかもしれないけどね」

「久美に何て説明しよう」

久美は、今にも僕に寄《よ》りかかりそうになりながら眠っていた。肩に触《ふ》れそうで触れない位置まで、久美の横顔が迫《せま》ってきている。僕は、努《つと》めて見ないようにして、話を続けた。

「ずいぶん疑われてると思うんだ。久美にとっては、あの男よりも、きっと俺の方が怪しいと思《おも》ってるよ」

ふいにさっきの久美の顔を思い出した。道を隔《へだ》てて見たあの悲しそうな顔。本当に泣いていたのかもしれない。

今日は、僕も久美もおかしい。でも、久美はどうしてだろう。普段《ふだん》着ない服を着て、普段見せない顔をする。そして、普段言わないことを言う。

今までの久美とは違う、どんなことを考えて今、久美は眠っているんだろう。

電車が品川駅に滑り込む。一度も僕に寄りかかることなく、久美は目をさました。

結局《けっきょく》昼食は品川駅前のマクドナルドですますことになった。バッグの中のぶたぶたが、うらやましそうに僕たちを見つめている。

「さっきのは何だったの？」

ようやく久美がたずねてきた。眠ったせいか、少し落ち着いたらしい。

「いや、何かそのバッグの中に手を入れようとしてたから……」

あの男の人には申《もう》し訳《わけ》ないが、悪者《わるもの》になってもらおう。

「やだ……スリだったのかな？」

「そうかも。東京は怖いとこだよ」

じじむさいことを言ってみたりする。久美がくすっと笑った。そして、

「さっきは怒ってごめん……」

としおらしく謝《あやま》った。

「ううん、俺もいきなり悪かったよ」

二人して頭を下げた。間にはさまれているぶたぶたが、見比《みくら》べている。

「あのまま、もう仲直《なかなお》りできないかなあって思ったよ」

久美がうつむいたまま言う。

「でも、助けてくれたから……ありがとう」

「いや、そんな……」

あの人は、ただ久美に声をかけるつもりだったのかもしれないが、あの時はほんとに彼女が襲《おそ》われるかと思った。ものすごく焦って、道に飛び出してしまった。

「ほんと、ひかれるかと思ったよ」

久美はそう言《い》ってようやく顔を上げた。少し笑っていた。自分でも、考えなしだったな、と思う。今頃死んでいたっておかしくない。

「どうしようかと思ったよ」

そう言いながら久美は立ち上がり、トイレの方に歩いていった。バッグを置いたまま。

「ほら、ぶたぶた、食べて食べて」

僕の差し出すハンバーガーに、ぶたぶたがぱくつく。

「やっぱり帰ろうかなあ」

ほっぺたをリスのようにふくらましてもぐもぐしながら、ぶたぶたは言う。

「何でっ」

「もう君たちは、二人でも全然平気だもん」

「いや、平気じゃないよ。久美も俺も、いつもどおりじゃない。前みたいには話せないよ」

「そうなの？」

意外《いがい》そうな顔で、ぶたぶたは言う。彼は僕らの普段を知らないんだから、しょうがない。

「それに、こんな短い時間じゃ、いなくなった言い訳も考えられないし」

「そういうことじゃなくて……嘘つくよりも、全部言った方が楽だと思うけど」

「そんなのわかってるけどっ」

それができていたら、最初から一人で来てるのだ。

「久美ちゃんは、一郎くんに何かを話したいんだよ。でも、言えないのはなぜだと思う？」

「そんなの……知らないよ」

「知らないんじゃない。知ろうとしないんだよ」

僕は何も言えなかった。ぶたぶたは、僕を責《せ》めているのか？

「だから、僕がいなければ、無理《むり》にでも知ろうとすると思ってね」

「そんなの……変わらないよ」

「いいや、変わるよ。やっぱほんとの二人きりの方がいいんだよ。ついてきたのは、間違《まちが》いだった」

何でそんな……残念そうに言うんだろう。間違いだとわかったから？　僕があまりにも情《なさ》けないから？　久美のことを、知ろうとしないから？

「でもう……ほら、久美が戻ってくる」

僕はそれ以上、その話はしたくなかった。ぶたぶたも、トイレの方を気にしながら、猛烈《もうれつ》な勢《いきお》いでハンバーガーをたいらげ、ジュースを飲み干す。しかし、さすがに喉《のど》に詰《つ》まったのか、胸をぽんぽん自分で叩《たた》いている。ぶたぶたの背中を叩いている間に、久美が帰ってきた。

「……何してんの？」

「いや、何か背中が汚れてたから、叩いて落としてた──」

あわててバッグにぶたぶたを戻した。ハンバーガーをちゃんと飲み込めただろうか。

5

品川《しながわ》から私鉄に乗り換えて、快速で母さんのいる町を目指《めざ》す。

今まで乗ってきた電車とは違い、座席が四人掛けのボックスになっている。午後のせいか、車内は空《す》いていた。二人で向《む》かい合《あ》ってゆったり座《すわ》る。

「せっかくだから、座らせてあげよう」

久美は、バッグからぶたぶたを出して、座席に置いた。狭《せま》いところから出られて、のびのびと足を伸《の》ばしているように見えた。

「ここでお弁当を食べてもよかったね」

電車がゆっくりと動き出してから、久美がはしゃいだように言う。こういう電車には、あまり乗ったことがないようだ。

「遠足みたいー」

と喜《よろこ》んで窓の外を見ている。でも、街中を走っている時は退屈《たいくつ》だ。どこも同じような風景《ふうけい》ばかりだから。だけど、海が見え始めると視界《しかい》が開けて、ぱーっと明るくなる。窓を開《あ》けると、かすかな潮《しお》の香《かお》りが漂《ただよ》ってくるようだった。

「見て見て、海だよ！　光ってるよ」

海なし県《けん》で育っているから、僕も久美も、海を見ると何だか特別なものが現れたかのようにはしゃいでしまう。海に行くのは、夏休みだけの大《だい》イベントとして刷《す》り込まれているからだろうか。

「お前、修学旅行の時もおんなじようだったよなあ」

小学六年生の時の話だ。新幹線から海を見た時も、後ろの席ですっかり同じことを言ってたっけ。

「そういう一郎《いちろう》だって、昔海に行った時、ぎゃあぎゃあ泣いてたくせに」

むっとして久美をにらむ。四歳の夏に、幼稚園《ようちえん》の友だち家族と一緒に九十九里《くじゅうくり》浜《はま》へ旅行に行った時、あんなに穏《おだ》やかな海にもかかわらず、僕は波が怖《こわ》くて泣いたらしい。自分ではまったく憶《おぼ》えていないが、両親と久美だけが何度も何度もその思い出をくり返す。

「もうやめろよ、その話〜」

思い切りしかめっ面《つら》をして抗議《こうぎ》をすると、久美はふっと真顔《まがお》に戻る。

「もうあんなふうに海にも行けないね」

「そうだな」

三家族で行ったのだが、もう一人の友だちの家族は転勤《てんきん》でアメリカへ行ってしまって、今は年賀状とクリスマスカードのやりとりだけになってしまった。もし母さんが戻ってきても、忙しくて家族で出かけることなんて、ほとんどできないだろう。自分はもういいけど、冬二《とうじ》がかわいそうだと思《おも》う。

「あんまり大きくならなければよかったって、思うよ……」

久美の言葉《ことば》に、はっと振《ふ》り向《む》く。久美は、涙をこぼしていた。

「久美……どうした？」

久美は下を向いて、首を振った。

かべていた。
そう言うと、今度はうなずく。顔を上げた時、目は真っ赤《まか》だったが、笑《え》みを浮
「泣くなよ……」

「ごめんね……なんか変だよね、あたしってば……。目の前で泣かれたら、一郎
だって困るもんね」

気のきいたことが何も言えない自分が情《なさ》けない。目の前で、涙を必死《ひっし》でこらえ
ている女の子がいるというのに、ただ黙《だま》っているだけ。何もできないかもしれな
いが、少しは気が軽《かる》くなるようなことでも言えれば、と思っても、何も浮かんで
こない。

ぶたぶたに助けを求めるように見《み》ると、彼はまっすぐ前を見据《みす》えて、微動《びどう》だに
していなかった。まるでただのぬいぐるみのようだった。いくら見つめても、何
の反応《はんのう》も示《しめ》さない。

どうしたんだろう、寝てるのかな。

僕は、少しだけぶたぶたに触《さわ》ってみた。かすかに動いたのは、僕の指が触《ふ》れた

せいだ。僕の方を見ることもないし、目で合図《あいず》をくれることもない。久美はうつむいているから、動いてもあまり気にすることはないというのに……何も返事をくれない。

まさか……まさか、ぶたぶた……ただのぬいぐるみになった……？　いや、普通のぬいぐるみに戻ってしまった……？

一瞬のうちに、僕は今自分のいる場所が現実なのかと疑ってしまった。

夏休みに入ってからの数日間は、いったい何だったんだろう。あの古い家にいたぬいぐるみは、本当に存在《そんざい》していたのか。ふるまってもらった冷たいお茶やおやつも、たっぷりの昼食も、実際に食べていたんだろうか。ぬいぐるみがしゃべり、ものを食べ、ビールを飲んだり、本を読んだり、行水《ぎょうずい》をしたり、料理をしたり、車を運転したり――そんなこと、起こるはずもないことじゃないか。

僕はぶたぶたをそっと持ち上げた。ぶたぶた、と声を出さずに呼んでみる。無《む》反応《はんのう》だった。ただのぬいぐるみのようにぐったりして、毛羽《けば》立《だ》った布地《ぬのじ》が冷たかった。そっと揺《ゆ》らしてみても、ぐんにゃりと重たく動くだけ。

〝帰る〟って……こういうことだったのか？　ぶたぶた……。

「一郎……？」

久美が、僕の顔をのぞきこんでいた。潤《うる》んだ瞳は、とても心配そうに見えた。

久美は、きっと一人で悩んでいることがあるに違いない。なのに、今は僕のことを心配してくれている。自分は、そんな久美に何も訊こうとしない。自分の不安ばかりを気にかけ、母さんのことも、久美のことも本気には考えてやれなかった。今日一人で来ることもできずに、ぶたぶたについてきてもらったりして……。

「一郎、どうしたの？」

「ううん……」

僕は、ぶたぶたを改《あらた》めて久美に渡した。

「何……？」

久美はぶたぶたを胸に優しく抱《だ》き、首を傾《かし》げた。多分、久美の方がぶたぶたを大切にしてくれる。自分ではだめだったから、ぶたぶたは帰ってしまったのだ。

「久美……ごめん、俺、お前のこと、うまくなぐさめることできないよ……」

正直な気持ちが、唇《くちびる》から流れ出た。

「でも、俺、困らないから……お前が泣いても」

困るわけじゃない。ただ、つらいだけだ。でも、そう思ったのは、今が初めてだった。久美がつらくて泣いている、というのだけはわかったのだ。それで困ることなんかない。同じようにつらくなるけれど、それは自分がこらえればいいことと——。

「だから、泣くの我慢《がまん》しなくていいから」

そう言うと、久美の目からぽろりと涙がこぼれ落ちた。顔を真っ赤にして、声をあげるのを必死《ひっし》でこらえて再び泣き始めた。その姿は、我慢《がまん》強い子供のようで、僕は思わずその頭をくしゃくしゃと撫《な》でた。久美はぶたぶたを抱きしめたまま、うつむき、僕の胸に押しつけるようにした。座席の両側から、中途半端《ちゅうとはんぱ》に、ぎこちなく、僕たちは身体《からだ》を寄せ合った。

気がつくと、僕たちはすっかり座席で眠っていた。さっきと変わらず、向かい合ったまま、僕はだらしなく背もたれに寄りかかり、久美は窓枠《まどわく》に頭をもたせかけていた。

そして、ぶたぶたは久美の膝《ひざ》の上で、静かにこっちを見《み》ていた。

「ぶたぶた」

今度は声を出して呼んでみた。何の返事も返ってこなかった。今までのことは全部夢で……久美が泣いたことも、ぶたぶたが動かなくなったことも……すべては夢の中の出来事だったのかも、と思ったのだが……そうではなかったらしい。久美の頰《ほお》には、まだ涙のあとが残っていた。僕はそれを指先でそっと拭《ぬぐ》う。そして、

「ぶたぶた……ごめんよ」

そう言ってみた。

それでも、ぶたぶたは帰ってこなかった。ただ黙って、ずっとそうだったように、古いぬいぐるみとして座っていた。僕は、ぬいぐるみの仕事について考えた時のこと思い出す。

窓際に置かれて、淋《さび》しい人の話を聞《き》いてあげること。

その淋しい人って、僕のことだ。


海辺の町は、風が涼《すず》やかだった。日が傾《かたむ》き始め、気温のピークが過ぎたからだろう。それとも、やはり海があるからか。

「潮《しお》の香《かお》りがする……」

腕にぶたぶたを抱いたまま、久美が言った。

「千野川《ちのがわ》には、絶対にない匂《にお》いだよね」

「そうだな」

この町からやってきた母さんも、そんなふうに思ったのだろうか。あの緑の中の町にも、特別な匂いがあるのかもしれない。

「おばさんの実家《じっか》ってどのくらい？」

「歩いて十五分くらいかな。でも高台《たかだい》にあるから、けっこう大変だよ」

平坦《へいたん》な道を十五分歩くのと、坂道と階段で十五分では、全然違う。母さんの実家は、決して楽のできない場所にあるのだ。

静かな商店街を抜けて、くねくねと折れ曲がる細い階段を登ると、町と海が見《み》下《お》ろせる。ここは、下よりもさらに涼しかった。空の色も、微妙《びみょう》に変わってきている。

「わー、見晴らしいいね」

久美はぶたぶたにも見せてあげるように、手すりに乗せて、後ろから支えていた。手を添《そ》えていないと、落ちてしまう。そうだよな。それがぬいぐるみなんだ。

「あれは何？」

久美が、湾《わん》に浮かぶ小さな島を指《ゆび》さす。

「ああ、あれは灯台《とうだい》。島全体が公園になってるんだ。船で行くんだよ」

「ふーん……行ってみたいな」

何にもないから退屈《たいくつ》だよ、と言おうと思ったけれど、久美がどう感じるかは、行ってみなくてはわからないから——。

「今度、一緒に行こう」

「……うん」

久美は大きくうなずく。本当に一緒に行きたい、と思った。そして、ここに一緒に来てよかった、と思う。

ぶたぶたは、それを教えるために、帰ってしまったんだろうか。初めから、二人で来るために、この日はあったと、言いたかったんだろうか。

たとえぶたぶたが最初からいなかったとしても——僕は信じていた。楽しかったことには変わりない。幻《まぼろし》でも、僕にとってはかけがえのない日々だった。やっぱりあの日——ぶたぶたに初めて会った日から、僕は変わったのだ。それは、ぶたぶたが帰ってしまっても、ずっと続くはず。

僕たちと小さなぶたのぬいぐるみは、とてもとても長い間、海と町と空を見つめていた。ぶたぶたはここを、気《き》に入《い》ってくれただろうか。

ばあちゃんの家は、高台にある小学校のすぐ近くだ。休みの間は、静まり返る。だから僕がここに来ている時は、いつもひっそりとしている。「本当はうるさい」

というのを聞いてもピンと来ない。今ももちろん静かだった。

小学校を通り過ぎ、坂道を我慢強くまっすぐ下ると、鉢植えがこれでもかと並べてある見慣《みな》れた生《い》け垣《がき》が現れる。よかった。ずいぶん来ていなかったから、道を忘れてしまったかと思った。

門の前に立ち止まり、呼び鈴を押そうとした時――。

「あ……」

坂道をゆっくりと登ってくる人影が見えた。母さんだ。小花の散ったシンプルなワンピースを着て、うつむき加減《かげん》で歩いてくる。いつものせかせかした雰囲気《ふんいき》はなく、まだこっちにも気づいていなかった。

「母さん」

僕が声をかけると、母さんは顔を上げ、次の瞬間《しゅんかん》、おばけでも見たような顔になった。突然ダッシュでこっちに向かってくる。

「一郎!? どうしたの、こんなところで。まあ、久美ちゃんも！」

僕にも驚《おどろ》いていたが、久美にはもっとびっくりしたらしい。久美は黙《だま》って頭を下げた。

「母さん、迎えに来《き》たんだよ」

「ええっ！」

そんなに驚かなくたっていいのに。

「まあ、そんな、まあまあ……お前がそんなことするとは思わなかったよ」

「ひどいなあ」

ほんとに信用なくて、落ち込む。

「これはお前の提案《ていあん》？　それとも久美ちゃん？」

「うん、まあ……久美なんだけど」

もうこれ以上ごまかしてもかっこ悪いので、正直に言う。母さんは、久美に笑いかける。

「そうだと思った。でも、夏休みが終わったら帰るつもりだったんだよ。お父さんにもそう言《い》ってあるんだから」

「ほんとに？」

僕は少し不安になって、たずねる。父さんは、そんなこと微塵《みじん》も見せなかった。どうして教えてくれなかったんだろう。

「ほんとだよ」

「もう帰ってこないかと思ったよ」

皮肉《ひにく》に聞こえるかもしれないが、これは僕の本音《ほんね》だった。ひとことでもこんなことを言ったら、本当になるかもしれない――それを思うと怖《こわ》くて言えない言葉だったから。

もしかしたら、父さんもそうだったのかもしれない。「帰ってくる」って聞いても――実現するまで、口にするのが怖かったのか？　僕と父さんは、似ているのかも、とその時思った。

「そんなことないよ。最初はちょっと思ったけどね。でももう、お母さんはここよりもあっちの方がいいみたい。たまには帰ってきたいと思うけど」

木々や家の間から、かすかに見える海を見つめて、母さんは言う。

「ここはとてもいい町だし、母さんの生まれた場所なのに。どうしてあっちの方がいいと思うの？」

「そんなの当たり前でしょ。お父さんとお前がいるんだもの」

照《て》れもせずに、母さんは言った。簡単に出てって、そりゃないよって感じの言葉だった。

「それでまたいやになったら出てって、またそう言って戻ってくるわけ？」

僕の反論《はんろん》は、少し前なら決《けっ》して言えなかったことだ。これを認められたら——ひどく心が乱されるように思えて仕方がないから。それを考えるだけで、もういやになってくる。

でも、僕は言った。そんな僕に、母さんはちょっと目を丸くしたが、すぐに笑《え》顔《がお》になった。

「そういうことよ。だから、お前と一緒に帰るから」

あっさり認められても、思っていたような気持ちにはならなかった。勝手《かって》な言い分にも聞こえたが、帰るというならいいや、とも思えた。いいことも悪いことも、なかなか思ったとおりにはならないんだな。でも、想像するばかりじゃ、少なくともいいことはやってこなさそうだ。

「冬二は今泳ぎに行ってて、夕方にならないと帰らないから、お前も今日泊《と》まって、明日帰ろう。久美ちゃんも泊まってけば？」

母《かあ》さんは玄関《げんかん》の鍵《かぎ》を開《あ》けながら言《い》った。

「そうだなあ。帰るんなら、もう行かないとだし、疲れるから明日にしようよ、久美」

僕はもう、すっかりそのつもりだったが——久美は顔を曇《くも》らせる。

「あたしは……だめなの」

「え、どうして？」

「もう行かないと。ママと……待ち合わせしてるから」

母さんはそれを訊いて、ちょっとうなずいた。

「待ち合わせ？　おばさんに連絡してみれば？」

けれど、無言で首を振るばかりだ。母さんは開けた引き戸をもう一度閉めた。

「久美ちゃん……もしかしてまだ言ってないの？」

うなずく久美に、母さんは近づいた。肩《かた》に優《やさ》しく手を置く。

「どうもありがとね。一郎のこと気《き》にかけてくれて」

久美は、激しく首を振る。一緒にぶたぶたも揺れる。

「このぬいぐるみは？」

母さんは、初めてぶたぶたに気づいた。久美はぶたぶたをぎゅっと抱きしめ、何かを必死にこらえているようだった。

「一郎が、くれたの……」

「誕生日《たんじょうび》のプレゼント？　まあっ」

母さんは僕の頭をくしゃくしゃっと撫《な》でた。

「いいとこあるじゃん」

僕はわけもわからず、それ以上何《なに》も言えなくなった。

「よかったね」

久美は泣きそうな顔でうなずいた。ぶたぶたで涙を拭《ふ》いているみたいに見える。

ああ……ぶたぶたはきっと、僕のためにいたんじゃなかったんだ、とその時思った。多分、久美のため、久美の悲しみをなぐさめるために、僕の前に現れて、僕の手で渡しただけだったんだ。

「お母さんは？　風邪《かぜ》とかひいてない？」

「……うん」

「そう。お父さんも？」

「大丈夫……」

母さんは、久美の肩を軽く叩《たた》いた。

「必ず連絡してってお母さんに伝えて」

「はい……」

「元気でね、久美ちゃん」

母さんは、僕を振り返って、じっと見つめたのち、

「送ってあげなさい」

と言った。

「え、でも……」

「いいから。行ってきなさい」

そう言《い》って、母さんは家の中に入っていった。

「もう、あの灯台《とうだい》に行く船はないの？」

二人で無言で駅を目指《めざ》し、あの高台にさしかかった時、久美が言った。

「どうだろう。行ってみないとわからないけど」

「確かめてもいい？」

「いいよ」

二人で階段と坂道を駆《か》けおり、海を目指した。桟橋《さんばし》は、駅からも遠く、少し迷った。ようやく着いた時には、船は汽笛《きてき》を鳴らして、桟橋から離れたところだった。

時刻表を見ると、今のが最終で、あとは戻ってくる船しかここには着かないことがわかる。

「あーあ、残念……」

久美は、遠ざかっていく船を見やって、そうつぶやく。

「いいじゃん。また来れば。泊まってけば、明日行くこともできるよ」

僕は久美が帰らず、明日一緒に海に行ってくれればいい、と思っていた。灯台に行くだけじゃなく、浜辺で泳ぐことだってできる。久美と行けたら、楽しいだろうな、と気がつくと考えていた。

でも、それは多分《たぶん》無理なんだろう、家には帰らないの……」

「一郎……あたし、もう、家には帰らないの……」

久美は、船を見つめながら言《い》った。

「千野川《ちのがわ》にも戻《もど》らない。あたしはこれから、ママと一緒に大阪《おおさか》に行くの」

大阪!?

「うちの両親……離婚《りこん》したんだよ。大阪に、ママの実家があるの。あたしはそこに行かなきゃなんないの……」

関節《かんせつ》が白《しろ》くなるほどぶたぶたを握《にぎ》りしめている久美の声も、絞《しぼ》り出すようだった。

「ずっと前から両親、仲《なか》が悪かったの」

知らなかった……。僕は、自分の親のことをよく久美に言っていたのに。相談というものじゃなくて、愚痴《ぐち》でしかなかったけど……。

「隠してたわけじゃなくて、小さい頃からだったから、もううんざりだったの。早く別《わか》れちゃえばいいとずっと思ってた。『離婚するから』って言われた時も、反対しなかった。せいせいすると思ったから……。

でも、夏休みに入って、千野川離れることになったら、みんなと別れるのがつらくなってきて……何もかもつらくて……ほとんどしゃべらなかったお父さんとさえ別れるのが……いやで……けど、誰にも言《い》えなかったの。友だちには、昨日《きのう》やっと言《い》ってきた。みんな驚いてたし、怒ってた子もいて、あたしほんと……自分の気持ち、ちゃんとわかってなかった……。永遠《えいえん》に別れるわけじゃないから、そんなに悲しくないと思ってたのに、だめだったの……」

ぶたぶたの背中に顔を埋《うず》めるようにして、久美は言う。久美は――小さな頃からこらえながら泣く子だったと思い出す。手放《てばな》しで泣くこと――自分の感情をぶつけることすら、不仲の両親に気をつかってできなかったかもしれない。

「一番いやだったのは……一郎と会えなくなること……」

そう言って、久美は僕を見た。

「おばさんが家を出たって聞いて……絶対に元に戻さないとだめだと思ったの。あたしは、あたしの友だちが、あたしと同《おな》じように悲《かな》しむのはいやだった。特に一郎はいやだったの。絶対に……いやだったの……」

「そんな……俺だっていやだよ。お前と会《あ》えなくなるの……」

ぶたぶたの物言わぬ目に見守られているようだった。僕は、自分の正直な気持ちを口にできた。

「ほんと?」

久美が顔を上げた。僕はゆっくりうなずいた。会えなくなるわけじゃない。だって、久美が行くのは大阪だ。行こうと思えば、いつでも行ける。けど、そんなのは関係なかった。今まで久美のいた場所が、ぽっかり空いてしまうのが悲しかった。教室での席、バスケットでのポジション、下駄箱の場所、自転車の置き場、お気に入りの本屋、そして、いつもいた橋の上——そこにはもう、久美がいない。僕を元気よく呼ぶ声が、そこから響《ひび》かない。たまには聞きたくないと思ったっけ。そんなふうに思わなければよかったなあ……。

「けど、昨日まで、そんなふうに全然思ってなくて……本当は今日、どうしようかと思ってた……。俺、うまく話せないし……だから、お前に黙《だま》って、その……途中《とちゅう》まで人……についてきてもらったんだけど……」

ついに言ってしまった。久美はきっと怒るだろう。まっすぐ気持ちをぶつけてきた久美は、きっと許してくれないかもしれない。ぶたぶたの言《い》うとおりにすればよかった……今さら遅いけど。

「そんなの、いいよ」

久美は泣きながら首を振った。

「一緒にいられればよかったんだから」

「明日からも、ずっとそうだと思ってたのに……」

明日からどんな毎日になるのか、全然わからなかった。

「でも、今日お前とここまで来れてよかった」

久美は何も言わない。ぶたぶたを抱きしめるばかりだった。

「だから、今度会った時はあそこに行こう」

僕は、灯台を指さす。

「うん……」

久美はうなずく。

そのあと、どちらからともなく、僕らは抱き合った。抱きしめることも、抱きしめられることも、僕らは慣《な》れていなかった。あまりにもぎこちなくて、それ以上、どうしたらいいのかわからなくなって、久美はひたすら泣きじゃくり、僕は彼女の背中に手を回したまま、ずっとじっとしているしかなかった。

でも、これからもっと上手《じょうず》に抱き合えるようになっても、この時の気持ちは忘れない。子供でもなく、大人でもない夏の、たった一日のことだったけれども、僕はずいぶん変わったように思う。

『ぶたぶた……ありがとう……』

僕と久美の間で、苦しそうにしているぬいぐるみに向かって、僕は心の中でつぶやいた。

次の日、僕と母さん、弟の三人で家に帰った。

父さんはとても驚いて、母さんではなく、僕に謝《あやま》っていた。そんな父さんを見て、母さんは「ひどい」を連発する。冬二はすっかり日に焼けて、とてもご機嫌《きげん》だった。

僕たち一家の暮らしは、すぐに元に戻った。相変《あいか》わらず父さんと母さんはケンカをしているけれども、言葉の刺《とげ》が少しなくなったようにも思う。僕は、少しだけ自分の気持ちをきちんと考えるようになった。正直な気持ちを人に伝えられるように、後回《あとまわ》しにして流されないように――せめて家族だけにでも。うまくできなくていやになるけど、失敗するたび、必ず何かが見つかる気がしていた。

久美の家には、お父さんが一人残っていたが、間もなく隣町に引っ越していった。今は、別の家族が住んでいる。小学生の子供たちがコンビニへよく買い物に来る。

そして——ぶたぶたは、久美が連れていってしまった。あの家は、またただの幽霊屋敷《ゆうれいやしき》になってしまった。

三崎から帰ってきた次の日には、もう車も、あんなにたくさんあった本もなくなっていた。窓からのぞいただけだから、本当のところどうなのかはわからないけれど、ドアにも鍵《かぎ》がかかっているから、これ以上確かめようがなかった。

ここには、いったい誰がいたんだろう。

いつの間《ま》にかここは、僕にとって特別な場所になっていた。もう何もない空《から》っぽの家だけど、僕が少しだけ自分と向き合えた場所。もしぶたぶたが幻であったとしても、自分に起こったこと、抱《いだ》いた気持ちは本物で——宝物《たからもの》だと思うからこそ、ここは特別なんだ。

ポーチに座り、木洩《こも》れ日を浴びながら、想《おも》いを巡《めぐ》らす。もうすぐ夏休みも終わる。久美とぶたぶたがいなくなってからは、一日がとても長く感じた。こうやってここに座って、いろいろなことを考えていた日が、何日あったことだろう。

久美からの手紙を読んだのもここだった。メールじゃなくて、手紙ってとこが久美らしい。

『灯台に二人で行くのを楽しみにしているよ』

と書いてあった。その時、二人は今より、もっと大人になっているだろうか。それとも、変わらないまま、笑い合えるんだろうか——。

エピローグ

八月三十一日――ついに、夏休み最後の日。

配達《はいたつ》に行った父さんのかわりに、僕はレジカウンターに立っていた。お客さんは少なく、ぼーっと宅配便《たくはいびん》の伝票《でんぴょう》なんかを整理していると――見憶えのある顔が、店の中に入ってきた。

「あっ！」

僕は思わず声をあげて、指さしてしまう。あの時――池袋《いけぶくろ》で見かけた男だ！

スーツは着ていないけど、確かに同じ顔。

「あっ、君だ。そうだそうだ」

男も僕に気《き》づいて、にこにこしながら近づいてきた。いったいどうして⁉　何で今頃、目の前に現れたんだ!?

「はい。君に手紙を届けに来たよ」

彼は、いきなり僕に封筒《ふうとう》を差し出した。

「手紙?」

「どうぞ。ぶたぶたさんから」

「えっ!?」

僕が思わず封筒を受け取ると、彼はさっさと店の外へ出《で》ていった。

「あの、ちょっと待って――!」

店の外まで追いかけたが、彼はそのまま車に乗り込んで走り去ってしまう。あの時と逆だ。

「何だ……」

僕は震える手《て》で封《ふう》を切《き》り、しっかりした手書きの文字が規則正しく並んだ手紙を、その場で読み始めた。

一郎《いちろう》くん、こんにちは。お久しぶりです。今年の夏はいろいろありがとう。突《とつ》然《ぜん》消えてしまって、びっくりしたことでしょう。申《もう》し訳《わけ》なかったね。

「え……!?」

僕は混乱していた。これは……ほんとの手紙!? それとも、あの男の人が僕をからかうために書いたんだろうか……?

一郎《いちろう》くんは、私が何も答えなくなって、どんなふうに思ったんだろう。不安《ふあん》だったかな? でも、一人でもきちんと久美ちゃんに自分の気持ちを伝えてましたね。

「ええーっ!?」

僕は、店の前で大声《おおごえ》をあげてしまった。道行く人が振り返るほどの。でも、かまってられるか。

「えー、そんなあ……」

いったい誰のせいで、悲しいやら切《せつ》ないやらの毎日を送ってきたと思ってるんだ。どうしてそんな――ぬいぐるみのふり……というか、そのまんまというか……とにかく、どうして⁉

久美《くみ》ちゃんは、一郎くんの気持ちがわかって、とてもうれしい、とあとで言ってました。

「何……？」

久美があとでうれしいと言っていたって？　何でそんなこと知ってるんだ？

実《じつ》は、ずっと普通のぬいぐるみのふりをしていただけでなく、久美ちゃんとも京急《けいきゅう》の車内でずっとしゃべっていました。一郎くんが眠《ねむ》っている間に。

久美ちゃんは、私にとても驚《おどろ》いていたけど、事情を話したらかえって喜んでく

れました。久美ちゃんもいろいろ不安でいっぱいだったのですが、それを一郎くんの負担《ふたん》にはしたくなかったみたい。私がいることで、少し一郎くんの気持ちが軽くなればいい、と思ったようです。

でも、私はやっぱり、一郎くんにもっと久美ちゃんと向き合ってほしかった。そうしないと、久美ちゃんも一郎くんに言いたいことが言えないまま終わる、と思ったからです。頼《たよ》りたい人が、別の人を頼っていては、いつまでたっても何も変わらないから。

だから、私はただのぬいぐるみとしてついていったのです。久美ちゃんが思いきり抱《だ》くものだから、かなり苦しかったけど、何も言《い》わずに見守《みまも》っていました。久美ちゃんとは東京駅《とうきょうえき》まで一緒《いっしょ》に行って、そこで別れました。彼女は本当にうれしそうだったよ。それと同じくらい、悲しかったみたいだけど、新幹線のホームで手を振った時は、笑顔《えがお》でした。ちゃんと本当のプレゼントも見つけたし。きっと元気な手紙が、君のところに届いていることと思います。

そう。ぶたぶたのリュックの中には、久美への本当の誕生日《たんじょうび》プレゼント——ローズクォーツのイヤリングが入っていた。短い髪から見える耳に、きっと似合《にあ》うと思って。淡《あわ》いピンク色が、今なら似合うと思えるけれども、どうしてあの時、あれを選《えら》んだんだろう。

手紙にも書いてあった。「今度会う時に、必《かなら》ずつけてくる」と。

私はそのまま家に帰って、残りの仕事を続けました。

この手紙を届《とど》けてくれた男性は、あの池袋《いけぶくろ》で会った人だけれども、山下《やました》さんという編集者《へんしゅうしゃ》です。私の職業は物書《ものか》きで、この夏一冊本を書かなければいけなかったのです。山下さんに会った時はまだほとんど書けていないことに焦《あせ》っていた頃です。〆切《しめきり》はまだだったんですが、書くために山の別荘《べっそう》へ行ったのに、あんなところで見つけられてしまって、つい隠れたくなったのでした（言ったとおりに本しか読《よ》んでなかったし）。妙《みょう》な誤解《ごかい》を一郎くんに与《あた》えてしまって、ごめんなさい。

仕事も何とか終わったので、少し残っている荷物を取りに戻ってきました。ついでに、送ってもらった山下《やました》さんに手紙を届けてもらったのですが——できたらいつものビールをひと箱、あの家に届けてはくれませんか？

また会えるのを楽しみにしています。


最後に、「山崎《やまざき》ぶたぶた」と署名《しょめい》がしてあった。

僕は呆然《ぼうぜん》としていた。そして、やがて笑い出す。

なんかもう、笑うしかないって感じだった。もう二度と会えないと思っていたのに。すごくいい思い出としてとっとこうと思ってたのに——！

許さないぞ、あのぬいぐるみ。もう内緒《ないしょ》になんかしないから。みんなに言いふらしてやる。「すごいぬいぐるみがいるんだよ」って。彼は僕の友だちだと、大声でふれて回ってやる。

僕は急いで倉庫《そうこ》からビールの箱を出した。自転車にくくりつけていると、父さんが帰ってきた。

「あれ、配達《はいたつ》？」

「うん！」

あまりの元気《げんき》のよさに、父さんはあとずさった。

「俺が行ってもいいけど」

「ううん、自分で行ってくる」

「どこに行くんだ？」

「早坂《はやさか》さんち」

父さんは首を傾《かし》げる。一番最初とさかさまだった。

「そこに住《す》んでる、ぶたのぬいぐるみにビールを届《とど》けてくる」

「え？」

「そこは、幽霊《ゆうれい》じゃなくて、生きているぬいぐるみがいるんだよ。名前は、山崎ぶたぶたっていうんだ」

そう言った時の父さんの顔――これからきっと、思い返すたびに笑いがこみあげるだろう。

「どうしたんだ、一郎……？」

「どうもしないけど」

父さんは、あの夜抱き上げていたぬいぐるみが、実《じつ》はぶたぶただと知ったら、どんな顔をするだろう。そうだ。母さんも会っているはずだから——紹介しなくちゃ。冬二《とうじ》は、きっとすごく喜《よろこ》ぶ。早く会わせてやりたい。

「代金、俺につけといて！」

僕は父さんの返事も待たずに自転車《じてんしゃ》へ飛び乗り、猛烈《もうれつ》な勢《いきお》いでペダルをこぎ出した。

紹介したい人

お盆《ぼん》休みを前にして、兄の一郎《いちろう》から電話が来た。

「紹介したい人がいるから、今度の日曜日、空《あ》けといて」

と。

「結婚!?」

と思わず叫んだ冬二《とうじ》と父だったが、

「いやいや、まだわからないわよ～」

と母は言う。何か知っているのだろうか。

けど、「紹介したい人」という言い回しが何を意味するかくらい、高校生の冬二にだってわかる。ここで食いつくのは恥《は》ずかしいので「ふーん」みたいな反応しかしないが、父も同じような返事だったので、多分《たぶん》期待している。

兄は今、東京で会社勤《づと》めをしている。どんな会社なのか、何の仕事だかはよく知らない。堅《かた》い職業、と父は言っていたが。

「冬二、お前、兄ちゃんに何か訊《き》いてないか？」

夜、家業のコンビニで店番をしている時、父が言う。何だかソワソワしているみたいだ。

「ううん、何も」

「そうか……」

まだ何か言いたそうだったが、お客さんが来たのでうやむやになる。

ていうか、その質問は冬二自身がしたかった。こっちで暮らしている時、兄に彼女がいたかどうかはよく憶《おぼ》えていないし、大学や就職してからは家を離れているから余計知らない。

しかし、考えてみれば兄ももう二十六歳。結婚してもおかしくない年齢だ。

相手はどんな女の人だろう？　美人なのかな。かわいいのかな。かわいい人だったらいいな。いくつくらいの人だろう。

……想像しようとしても何も浮かばない。結婚式には自分も出るのだろうか。小学生の時に親戚《しんせき》のに一度だけ出たことがあるが、長くて退屈だったという思い出しかない。

いや、まだそう決まったわけじゃないのだが……気にしないわけないではないか。

何となく浮き足立ったまま、兄が帰ってくる日曜日を迎えてしまった。

母は家を念入りに掃除し、父もさすがに店をバイトさんに頼んで休んだ。

冬二自身は、緊張していたのか、いつもよりも朝食を食べられず、しまいには胃が痛くなってきた――ような気がした。胃痛の経験がないので、これがそうなのかもわからない。

両親や兄ならわかるが、どうして自分がこんなに緊張するのか、さっぱりわからない。

台所で何か漁《あさ》ろうとしたが、昼の支度《したく》をしている母の背中が「邪魔《じゃま》するな」と言っていた。かなり張り切って昼食を作っているらしい。冷蔵庫を開けるだけで怒鳴《どな》られそうで怖《こわ》い。

しょうがない。店に行って何か買ってこよう。

「暑いなー」

外に出た瞬間に、食べ物ではなくアイスを食べたくなる。まあ、それでもいい・か。

自転車で数分なのに、もう汗だくになってしまった。

裏に自転車を停めた時、兄の姿が店の外にいるように見えた。来る前におみやげでも買っているのかな?

声をかけようと表に回ったが、冬二の足は止まった。兄は笑いながら何か話していたが、その視線が異様に下に向いているのだ。それをたどると——兄の足元に小さなぬいぐるみがいた。

大きさはバレーボールくらいの薄ピンク色のぶたのぬいぐるみだ。突き出た鼻に黒ビーズの点目《てんめ》。大きな耳の右側はそっくり返っていた。

そして、少し濃いピンク色の布が張られた手先（？）には、青いソーダアイスが握られていた。

そしてそれがゆっくりと動き、鼻の下の方に突っ込まれて——次に現れた時には、アイスは少し欠けていた。自分とあまり変わらない大きさのアイスを食べているのだ。

溶けたアイスで身体《からだ》が青く染まりそう。冬二は暑さが増したぼーっとした頭で、そんなことを考えた。

「お、冬二！」

その時、兄が気づいた。彼もぬいぐるみとおそろいのソーダアイスを持っていた。

「迎えに来てくれたのか？」

「いや、あの……」

冬二はアイスをシャクシャク食べているぬいぐるみに視線が釘付《くぎづ》けだ。必然的に目が合う。ぬいぐるみがニコッと笑った気がした。

「あ、そうか！」

兄は合点《がてん》がいったように声をあげた。

「紹介してなかったよな」

え、紹介？

冬二は少し後《あと》ずさった。

「こちらは山崎《やまざき》ぶたぶたさんだ」

ぬいぐるみがトコトコと歩きだした。半分に減ったソーダアイスを持ったまま、片手を差し出して。

そんな！　かわいいけど……すごくかわいいけどっ！　こういうかわいい系ではなくて！

「うわあああっ！」

妙な声が口をついて出て、冬二は自転車に飛び乗り、発作的に走りだした。

山道をママチャリで走る根性はなく、ふもとで力尽きた。日陰の下でぐったりと座り込む。

まさか兄がぬいぐるみと結婚しようとしているとは。考えただけで汗が引くどころか、ますますびっしょりになる。

空腹と水分を大量に失ったせいか、胃が本格的に痛くなってきたように思える。

しかし、道に寝転んだところで、ハッとなる。

両親はこのことを知っているのだろうか。

自分でさえこんなにショックを受けたのだ。年老いた（というほどでもないのだが）両親たちだったら、びっくりして倒れてしまうかもしれない！

兄が家へ行く前に、帰らなければ！

冬二は必死に自転車をこいだ。発作的《ほっさてき》とはいえ、どうしてこんなところにまで来てしまったのか。暑くてヘトヘトになりながら、兄が来る予定の時刻より、かろうじて前に家に着く。

「おふくろ、親父《おやじ》！」

サンダルを蹴散らかしながら叫ぶ。

「何だ、騒がしい」

いつもより少しきっちりした服装の父が出てくる。母は返事もなかった。まだ
台所だろうか。

「兄ちゃん、まだ来てないよな?」

「うん。そろそろだと思うけど」

父のところまで走って、居間に押し込む。

「親父、よく聞いてくれ……。兄ちゃんが連れてくるのは、俺たちが思っている
ようなのとは違う」

「? 何言ってる?」

さっぱりわからない、と父の顔に書いてある。

「誰が来ると思ってる?」

「え、つきあってる彼女だろ、多分……」

「違うんだよ、それが」

「結婚したい人を連れてくるんじゃないのか？」

「いや、それはそうなのかもしれないけど！」

「じゃあ、違うって何だ？　すごく年上とか？　まあ、一郎が選んだのならいいけど……」

「違う！　いや、多分。かわいいし小さいから、きっと年下だと思う！」

「それなら問題ないじゃないか」

「違うんだよ！　兄ちゃんが結婚しようとしているのは――！」

　ピンポーン。

　玄関のチャイムが高らかに響く。

「はいはーい」

　今までの話を聞いていたのかどうか知らないが、母が冬二と父の横をすりぬけて玄関に走っていく。

「はいはい、いらっしゃい。まー、久しぶり！　待ってたよ！」

　母の声が華《はな》やぐが、

ショックで倒れる母の姿が浮かび、冬二は玄関に走った。

「母さん！」

「兄ちゃん、何で、どうして、そ――――！」

そこまで叫んで、絶句した。玄関には兄と、大きなトートバッグを持った見慣れない若い女性が立っていたから。二人だけで。足元に、ぬいぐるみはいない。

うっ、なんか気持ち悪い。目の前が暗くなる。

冬二は初めて貧血で倒れる、という経験をした。


そのあと、甘くてしょっぱい超まずい水を飲まされたり、脇《わき》の下に保冷剤をはさまれたりしているうちに、眠ってしまったようだった。エアコンの効いた和室で目を覚ましてしばらくすると、父がやってきた。

「気分どうだ？」

「……腹減《はらへ》った」

気持ち悪さもめまいもなくなっていた。ただただ空腹だった。

「気分悪くないんだな？」

「ないよ」

「熱中症らしいけど、まだおかしかったら念の為《ため》に病院行った方がいいって。大丈夫そうか？」

「うん」

それより何か食べたい。母がごちそう作ったはずだし。

「兄ちゃんは？」

「帰ったよ」

「ええっ!?」

思わず跳《は》ね起きる。

「お前、四時間寝てたんだぞ」

なんと。もう夕方ではないか。

「お母さんは今、そうめんゆでてる。お前の夕飯だって」

そう言って立ち上がる。

「えー……」

昼の残りはないのか？　と訊こうとすると、

「それから、今度ぶたぶたさんにお礼を言いなさい。経口補水液《けいこうほすいえき》作ってくれたの、ぶたぶたさんだから」

しばらく思考が止まったのち、玄関にいたあの女性はもしかして昔近所に住んでいたお姉さんだったのでは、と唐突《とうとつ》に思う。

兄は誰を連れてきたんだ？

そうたずねようとしても、父はもう和室にいなかった。

あとがき

はじめましての方もそうでない方も、お読みいただきありがとうございます。

『夏の日のぶたぶた』も無事に徳間文庫で再刊されました。

この作品は、シリーズの出版順でいうと八作目なのですが、書いた順番でいうと五作目になります。

だからどうしろこうしろはなく、そのくらい順番に関してはいい加減なシリーズなので、これが初めてという方もそのままお読みください。気に入っていただけたら、シリーズの他の作品も適当に手にとってくださいませ。

さて、この作品はちょっと児童文学を意識して書いたので、徳間デュアル文庫で出た時は字が大きく、ふりがなもたくさんありました。

それってつまり、普通の文庫にするには短いってことなので、おまけのショートショートをつけました。楽しんでいただけたら、うれしいです。


ここで私の近況を一つ。

ついに猫を飼いました！

野良子猫を去年の夏に引き取ったのです。洋猫、おそらくシャムの血が入った小柄な女の子。とてもきれいな猫で、名前は「ピノン」といいます。

今の段階で、生後約十ヶ月。猫一倍警戒心の強い子のようなので、なついているとは言い切れません。しかも、元野良のくせに何だか性格がお姫様なのです。

床に落ちているものや人間の足を踏まないで飛んでよける、という上品さとともに、タオルが汚れていたり、ベッドに違和感があったりすると寝なかったりする気難しさもあります。

一人遊びが嫌いで、遊びたい時は鋭く鳴いて人間を呼びつけます。遊び時間が足りないとハンストをします。人が近寄ると逃げるくせに、撫《な》でられるのが大好き。撫でて盛大にゴロゴロ言っているくせに、人の手に噛《か》みつく。

つかまらないので、爪《つめ》も切れません……。

猫としてはハードモード、いや、プロフェッショナルモードとまで言われるほど神経質な子ですが、基本はおっとりなドジっ子です。

さらに鳴き声が「にゃー」じゃなくて、「ぷー」なのです。人を呼ぶ時は「にゃー」なのですけど、普通は「ぷー」。「ぷるる～」とか「ぷっ」とか「うにゃー」とかも言います。

これがあまりにもかわいいのですが、お客さんに自慢したくても絶対に出てこないのです……。

いつものように、お世話になった方々、ありがとうございます。ご迷惑をおかけした方々、ごめんなさい……。

私やぶたぶたに関する情報はブログ（http：//yazakiarimi.cocolog-nifty.com/）

の方でチェックしてください。

それでは、また。

二〇一三年四月

矢崎存美

矢崎存美 ぶたぶた BUTA-BUTA シリーズ

大好評！

著作リスト

『ぶたぶた』
（廣済堂出版　1998年9月、徳間デュアル文庫　2001年4月、
徳間文庫　2012年3月）

『刑事ぶたぶた』
（廣済堂出版　2000年2月、徳間デュアル文庫　2001年6月、
徳間文庫　2012年11月）

『ぶたぶたの休日』
（徳間デュアル文庫　2001年5月、
徳間文庫2013年2月）

『クリスマスのぶたぶた』
（徳間書店　2001年12月　徳間デュアル文庫　2006年12月）

『ぶたぶた日記《ダイアリー》』
（光文社文庫　2004年8月）

『ぶたぶたの食卓』
（光文社文庫　2005年7月）

『ぶたぶたのいる場所』
（光文社文庫　2006年7月）

『夏の日のぶたぶた』
（徳間デュアル文庫　2006年8月、
徳間文庫2013年6月 ※本作品）

『ぶたぶたと秘密のアップルパイ』
（光文社文庫　2007年12月）

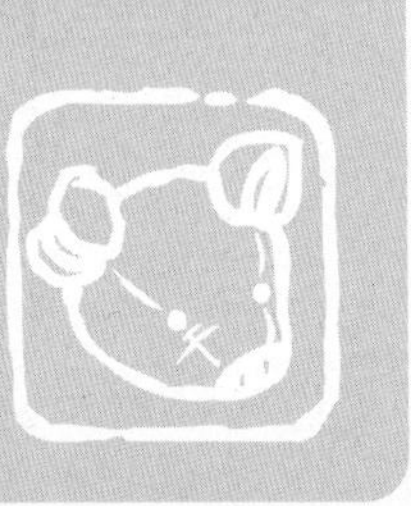

『訪問者ぶたぶた』(光文社文庫　2008年12月)
『再びのぶたぶた』(光文社文庫　2009年12月)
『キッチンぶたぶた』(光文社文庫　2010年12月)
『ぶたぶたさん』(光文社文庫　2011年8月)
『ぶたぶたは見た』(光文社文庫　2011年12月)
『ぶたぶたカフェ』(光文社文庫　2012年7月)
『ぶたぶた図書館』(光文社文庫　2012年12月)

◆マンガ原作

『ぶたぶた』(安武わたる・画／宙出版　2001年11月)
『ぶたぶた2』(安武わたる・画／宙出版　2002年1月)
『刑事ぶたぶた1』(安武わたる・画／宙出版　2002年11月)
『刑事ぶたぶた2』(安武わたる・画／宙出版　2003年1月)
『クリスマスのぶたぶた』(安武わたる・画／宙出版　2003年11月)
『ぶたぶたの休日1』(安武わたる・画／宙出版　2004年1月)
『ぶたぶたの休日2』(安武わたる・画／宙出版　2004年6月)

◆単行本未収録短編

『BLUE ROSE』(「SF Japan」／徳間書店　2006年秋季号)

本書は２００６年8月徳間デュアル文庫として刊行されたものに「紹介したい人」を書下しで収録しました。

なお、本作品はフィクションであり実在の個人・団体などとは一切関係がありません。

徳間文庫

夏《なつ》の日《ひ》のぶたぶた

2013年6月15日 初刷
2013年7月10日 2刷

著者 矢《や》崎《ざき》存《あり》美《み》
発行者 岩渕徹
東京都港区芝大門二—二—二〒105—8055
発行所 株式会社徳間書店
電話 編集〇三(五四〇三)四三四九
販売〇四八(四五一)五九六〇
振替 〇〇一四〇—〇—四四三九二
印刷 本郷印刷株式会社
製本 株式会社宮本製本所

ISBN978-4-19-893708-9 (乱丁、落丁本はお取りかえいたします)

徳間文庫の好評既刊

矢崎存美

刑事ぶたぶた

春日《かすが》署に配属された新人刑事の立川《たちかわ》くん。彼の教育係になった上司の山崎ぶたぶたさんは、なんと、ピンク色をしたぶたのぬいぐるみだった。立川くんが、びっくりしている間もなく、管内で起きる数々の事件——銀行強盗によるたてこもり、宝石の窃盗、赤ん坊の誘拐——に、ぶたぶたさんは、可愛《かわ》いらしい容姿で走り、潜入し、立ち向かう！　大人気ハート・ウォーミング・ノベル、待望の刊行!!